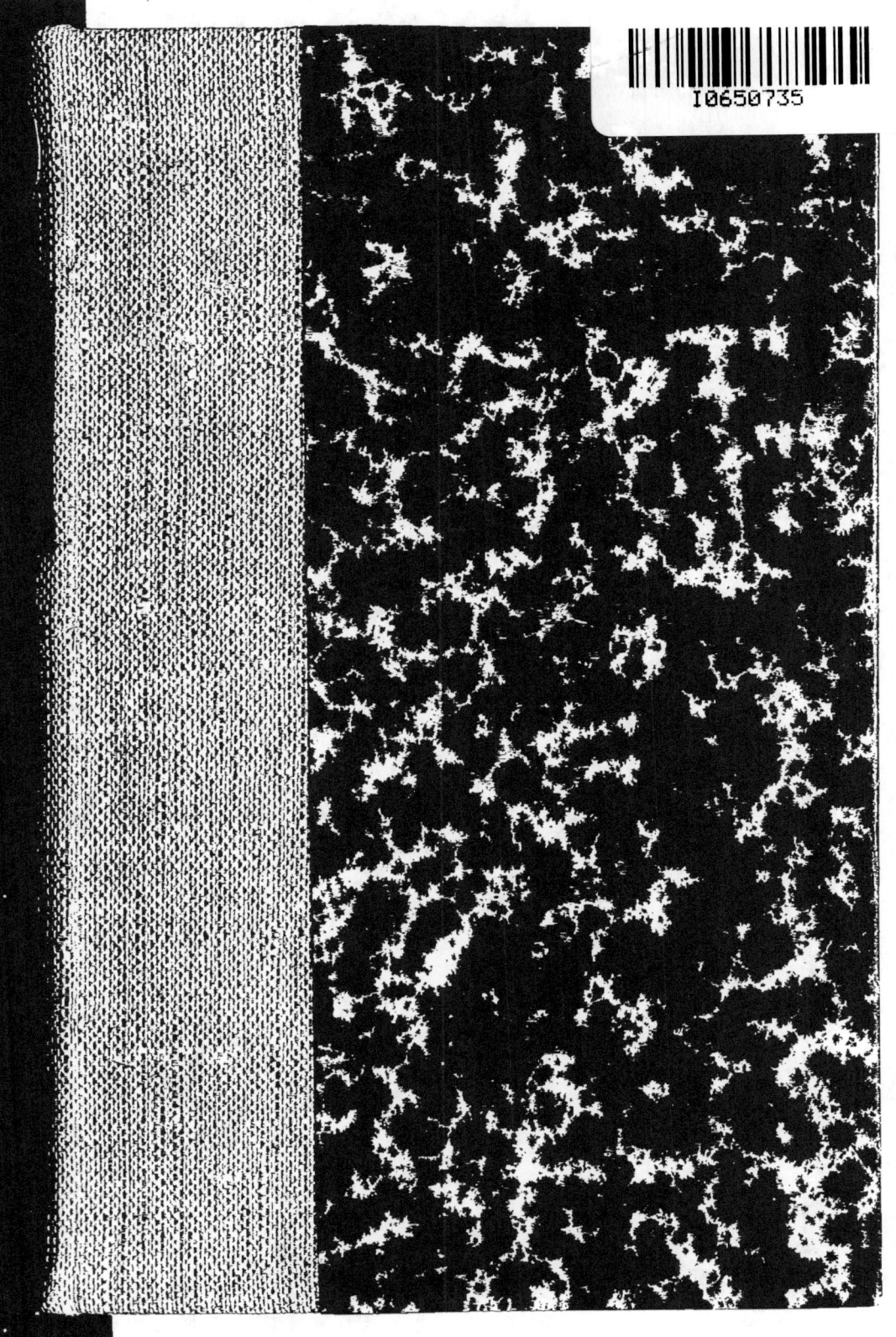

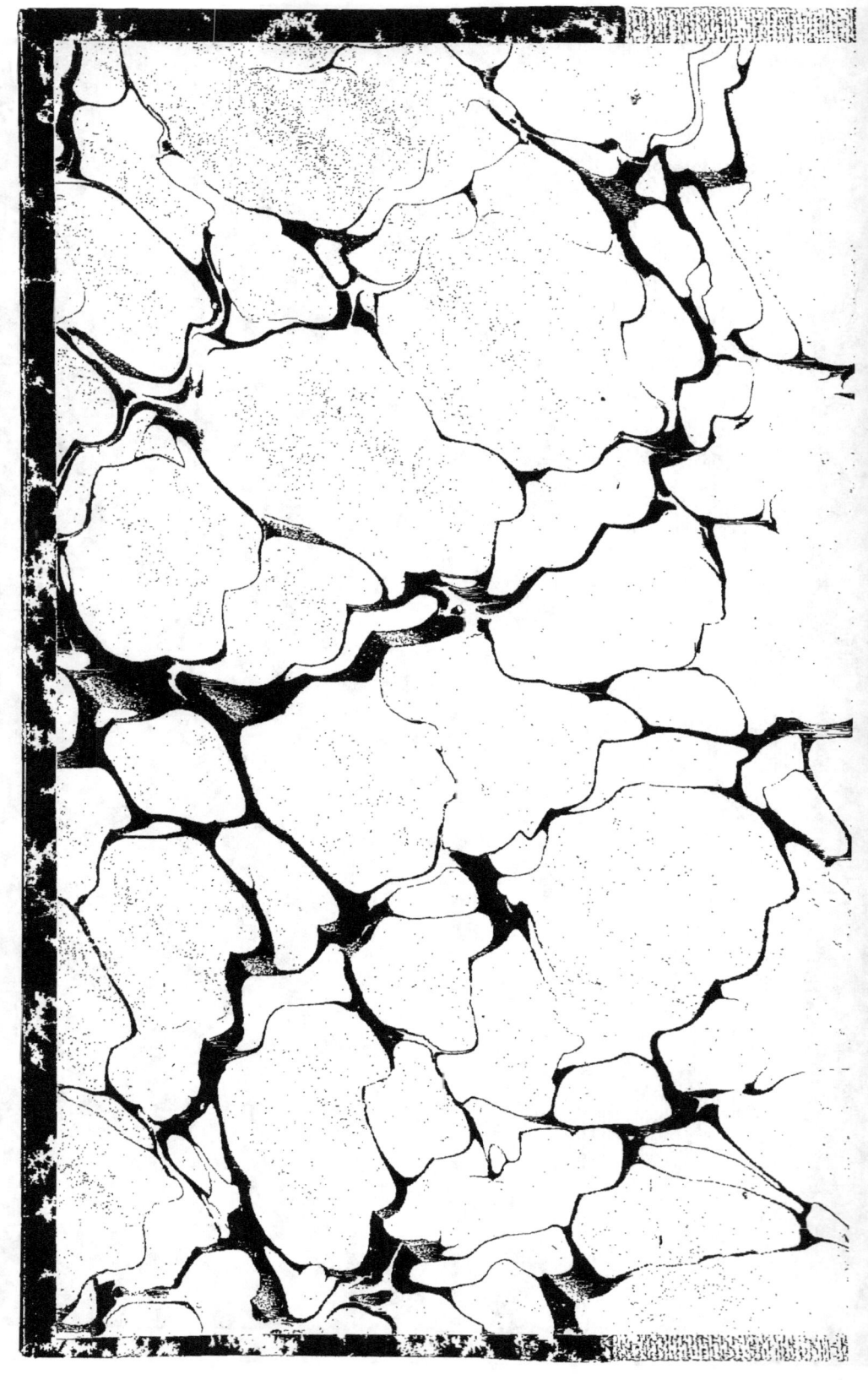

ARSÈNE HOUSSAYE

LES
TROIS DUCHESSES

ROMAN NOUVEAU

O femme! femme! femme!
BEAUMARCHAIS.

IV

PARIS

E. DENTU, LIBRAIRE-ÉDITEUR

PALAIS-ROYAL, 15-17-19, GALERIE D'ORLÉANS

1878

LES

TROIS DUCHESSES

ARSÈNE HOUSSAYE

LES GRANDES DAMES
12ᵉ édition. — 1 vol. grand in-8, illustré, 15 fr.

LE DIX-HUITIÈME SIÈCLE
La Régence. — Louis XV. — Louis XVI. — La Révolution.
Édition de bibliothèque en 4 vol. in-18, 3 fr. 50 le vol.

POÉSIES COMPLÈTES
1 vol. elzévirien, eaux-fortes, 7 fr. 50.

HISTOIRE D'UNE FILLE DU MONDE
Un beau vol. in-8 avec cinq portraits, par HENRY DE MONTAUT, 5 fr.

LES MILLE ET UNE NUITS PARISIENNES
4 vol. in-8 avec portraits des demi-mondaines et des extra-mondaines, par HENRY DE MONTAUT. Prix, 20 fr.

LUCIE
1 vol. in-18, portrait, 3 fr. 50.

LE ROMAN DES FEMMES QUI ONT AIMÉ
1 vol. in-18, portrait, 3 fr. 50.

TRAGIQUE AVENTURE DE BAL MASQUÉ
1 vol. in-18, portrait, 3 fr. 50.

LE CHIEN PERDU ET LA FEMME FUSILLÉE
Un roman sous la Commune.
2 vol., portraits, 10 fr.

LES COURTISANES DU MONDE
4 vol. in-8 cavalier, 20 fr.

LE ROMAN D'HIER
1 vol. in-18, portraits, 3 fr. 50.

IMPRIMERIE ELZÉVIRIENNE DE BARDIN A SAINT-GERMAIN.

LA SALAMANDRE

ARSÈNE HOUSSAYE

LES

TROIS DUCHESSES

O femme! femme! femme!
BEAUMARCHAIS.

IV

PARIS

E. DENTU, LIBRAIRE-ÉDITEUR

PALAIS-ROYAL, 15-17-19, GALERIE D'ORLÉANS

LIVRE I

LES FATALITÉS

I

LES DÉCHÉANCES

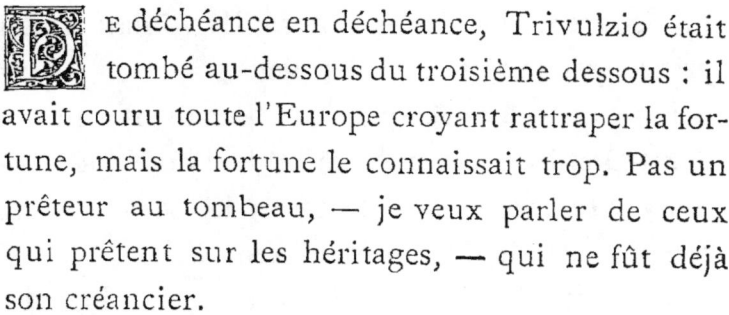E déchéance en déchéance, Trivulzio était tombé au-dessous du troisième dessous : il avait couru toute l'Europe croyant rattraper la fortune, mais la fortune le connaissait trop. Pas un prêteur au tombeau, — je veux parler de ceux qui prêtent sur les héritages, — qui ne fût déjà son créancier.

Il était revenu à Paris, parce que Paris est le dernier refuge, celui où on se cache.

Le duc de Marigny ne voulait plus entendre parler de Trivulzio. Seul, M. d'Armeville lui envoyait quelque argent qui allait toujours au jeu. Les joueurs ont beau descendre toutes les spirales,

ils trouvent toujours des gens qui tiennent des cartes. Le prince en était arrivé à ne plus être prince
même par l'habit ; il recevait encore des invita-
tions, mais il n'allait plus dans le monde. A peine
s'il se montrait le jour, traversant le boulevard
sans se retourner, venant du jeu ou allant au jeu,
poursuivant sa chimère et ne voyant pas autour
de lui.

Il était couvert d'un éternel manteau de four-
rures qui le dispensait d'être habillé correctement ;
comme c'était l'hiver, il n'y avait rien à dire. Il
ne prodiguait l'argent du jeu, pour parler comme
les joueurs, que pour acheter de temps en temps
un chapeau et des bottines. Il voulait rester
prince, par la tête et par les pieds.

Un soir, plus désespéré que jamais, il erra rue
Saint-Dominique, aux abords de l'hôtel de Marigny, se promettant de forcer la porte s'il ne
voyait passer le duc ou M. d'Armeville.

Au bout d'une heure de faction, il reconnut
M. d'Armeville qui allait sonner.

— Mon cher marquis, lui dit-il en le saisis-
sant par la main, je vous demande une dernière
grâce. Je ne veux plus ennuyer mon père ; je sais
que je suis indigne de lui ; mais je vais mourir et
je veux lui dire adieu. Rassurez-vous, il ne sera

pas question d'argent. Je ne lui demanderai rien que son pardon. Comme on fait son lit on se couche. Bien lâcher la rampe ! dit le philosophe. C'est le mot de la fin.

Le marquis résista d'abord, car il savait l'horreur du duc pour Trivulzio. Le duc, d'ailleurs, avait une maladie de cœur qui ne lui permettait plus d'émotion inattendue. Mais Trivulzio fut si suppliant, que M. d'Armeville promit de parler une dernière fois pour lui. Il permit au prince de l'attendre dans la cour de l'hôtel, ce qui étonna fort le suisse, car le suisse l'avait mis par force à la porte, quelque respect qu'il eût pour les princes.

Le duc obéissait à l'amitié de M. d'Armeville, aussi le marquis revint-il chercher Trivulzio.

— Le duc est malade, lui dit-il ; il ne vous parlera pas. Il vous donnera la main en signe d'adieu, soyez silencieux comme lui.

Ce n'était pas l'affaire de Trivulzio, mais il suivit le marquis sans mot dire.

Quand il fut devant le duc, il joua lâchement la comédie filiale. Il tomba, agenouillé, baisa la main de M. de Marigny et sanglota bruyamment : « Mon père! » Un peu plus il disait : « Dans mes bras, sur mon cœur. »

— Monsieur, je ne suis plus votre père, et je ne suis pas votre père.

— Mon père, pardonnez-moi !

— Monsieur, reprit le duc, je n'ai pas à vous pardonner, puisque je ne suis plus votre père, puisque je ne suis pas votre père, entendez-vous bien ?

Trivulzio commença à ouvrir les yeux et les oreilles.

— Le duc vous a appris la vérité, lui dit M. d'Armeville : vous n'êtes pas un fils légitime, vous êtes un fils recueilli.

— Moi, je ne suis pas le fils du duc? Et ta sœur ! Et mon acte de naissance?

— Le duc, par bonté, a voulu vous donner la place d'un enfant perdu, mais vous n'en étiez pas digne, il vous a abandonné.

— C'est impossible ! s'écria Trivulzio avec désespoir.

Il lui semblait voir tomber à ses pieds son titre de prince.

— Voyons, reprit M. d'Armeville, j'en appelle à vous-même : vous êtes-vous jamais senti des entrailles pour le duc ? Vous n'avez jamais été son fils ni par le cœur ni par l'esprit; il vous a acca-

blé de ses bontés jusqu'à vous donner la plus belle
part de sa fortune.

La fortune donnée, quand elle n'est plus là,
n'est plus qu'un vain mot. Aussi, Trivulzio n'a-
vait-il aucune reconnaissance pour tout ce bien
perdu. Comme le disait le marquis, il n'avait pas
d'entrailles pour le duc, il reconnut lui-même
qu'il n'était pas son fils, mais il ne voulut pas que
le duc de Marigny en fût quitte à si bon compte.
Il se releva, il regarda le duc d'un air de défi, et
lui dit froidement :

— Monsieur, vous n'avez pas le droit de jouer
ce rôle, d'être tour à tour un père et un étranger
pour moi ; comme je suis de par vous prince Trivulzio, je resterai prince Trivulzio. Je ne veux
pas me reconnaître un fils de père en toc ou un
enfant de trente-six pères : il y a des juges à Paris.

— Allez, monsieur, allez, dit M. de Marigny
en indiquant la porte à Trivulzio, les juges de
Paris vous montreront tel que vous êtes.

Le jeu avait ravagé le cœur de Trivulzio ; il se
moqua de tout ce que le duc avait fait pour lui et
ne vit plus en M. de Marigny qu'un ennemi lui
disputant son bien.

Il mit fièrement son chapeau et s'en alla d'un
pas mesuré comme un homme sûr de lui-même.

Il rumina toute la nuit ce qu'il y avait à faire pour avoir raison du duc.

Le lendemain, sa première visite fut pour un huissier. A midi, le duc recevait une sommation pour lui avancer le premier terme d'une pension alimentaire que les tribunaux ne manqueraient pas de lui imposer. Naturellement, dans la sommation, il prenait le titre de fils du duc.

A cette sommation le duc ne répondit pas au bout des « vingt-quatre heures. » Trivulzio n'attendit pas quarante-huit heures pour faire lancer une assignation par son avoué. Jusque-là il avait eu quelque pudeur; il savait qu'une haute question politique obligeait le duc de Marigny à vivre mystérieusement; il n'avait pas voulu déchirer le voile, mais maintenant il était décidé à tout, à moins toutefois qu'il n'eût la preuve qu'il n'était pas, en effet, le fils du duc. Et encore!

— Avez-vous votre acte de naissance? lui demanda son avoué.

— Non, répondit-il, mais M. de Marigny ne peut pas me le refuser. Je l'ai eu il y a trois ans en Angleterre, parce qu'il me l'a fallu pour un diplôme.

— Vous le rappelez-vous mot à mot?

— Pas du tout! Je me rappelle la date, parce

que je ne songeais alors qu'aux beaux jours de ma majorité. On me parlait vaguement d'une prin-cipauté plus ou moins sérieuse. Mais l'idée d'a-voir vingt et un ans était ma toquade.

Ce fut en vain qu'on s'adressa au duc de Mari-gny pour avoir l'acte de naissance.

Où était né Trivulzio, il le savait d'autant moins que dans l'acte de naissance, le nom était illisible. Il dit que c'était peut-être Neuilly : on alla à Neuilly, on ne trouva rien ; on fit des recherches dans les registres de toutes les com-munes mondaines des environs de Paris. Vaines recherches.

— Enfin, dit l'avoué, le procès amènera des révélations.

Trivulzio retrouva quelque crédit en disant très-haut qu'il plaidait contre son père, pour être mis en possession de sa fortune.

Quoique la Salamandre fût plus malicieuse que lui, il parvint, cependant, selon son expression, à la mettre dedans. Il est vrai que la Salamandre pouvait avoir confiance en lui, puisqu'il avait payé si galamment cinquante mille francs sur cette fameuse reconnaissance de cent mille francs, qui ne devait être valable que le jour de son ma-riage. Il devint donc, tout dépenaillé qu'il fût, l'amant de Mlle Héloïse. Comme on s'étonnait devant elle qu'elle eût ramassé dans un tripot ce prince sans le sou, elle s'écria :

— Je voulais me désencanailler : il y a trois mois que je vis avec un fabricant de je ne sais quoi.

II

L'AVOCAT EN JUPONS

ENDANT quelques semaines, on vit Trivulzio trôner dans les voitures de la Salamandre. A Paris on ne s'étonné de rien, ni des ascensions, ni des chutes, ni des réascensions, ni des rechutes.

Et la Salamandre trônait avec son prince en toisant les autres filles à la mode d'un air hautain.

On n'a pas idée du regard qu'elle jetait au passage sur Léonie ; il est vrai que Léonie dépassait les hauteurs de ce dédain ; elle semblait dire : « Ton prince est un voleur de diamants. »

Cette réascension du prince fut de courte durée.

L'avoué l'appela un jour et lui dit qu'il fallait

une provision de dix mille francs pour attaquer le
duc de Marigny en bonne forme : L'avocat ne
voulait pas soulever un papier timbré sans avoir
sous les yeux cinq papiers de mille francs.

Il fallait un avocat renommé. Ceux-là plaident
à côté, parce que l'éloquence du barreau n'est jamais dans la cause. Il fallait en outre cinq mille
francs dans les papiers de l'avoué.

Or comment trouver ces dix mille francs ? Trivulzio en parla à la Salamandre qui en parla à
Mme Suzanne, — un agent d'affaires s'il en fut.
— La marchande de curiosités flaira là quelque
chose de mauvais, c'est-à-dire quelque chose de
bon pour elle. Si quelqu'un pouvait faire chanter
le duc, c'était bien Mme Suzanne.

— Ami, dit-elle à Trivulzio, ne donnons pas
les dix mille francs et laissez-moi faire.

Que fit-elle ? Elle alla droit au duc de Marigny.
Elle avait l'art de forcer toutes les portes — toutes
les portes d'or. — Et d'ailleurs les marchandes de
curiosités sont bien reçues partout. Mais chez
M. de Marigny elle se fit présenter par un médecin. Elle avait l'omniscience, elle pouvait dire
partout un mot utile. M. de Marigny l'écouta
donc, elle lui débita sa théorie : à savoir, que
toutes les maladies nous viennent par le chagrin :

le chagrin produisant l'anémie ; l'anémie livrant le corps à tous les maux. Elle conseilla donc au duc de réagir par les distractions.

— Et d'abord, lui dit-elle, il faut vous délivrer du chagrin que vous cause votre fils.

— Mon fils ! je n'ai pas de fils.

— Je sais tout, je sais que le prince est indigne de vos bontés ; mais, à tout péché miséricorde.

— Je vous dis, madame, que je n'ai pas de fils.

— Voyons, monsieur le duc, jouons cartes sur table. Le prince, désespéré, va faire du scandale ; pourquoi ne pas empêcher cela ?

— Parce que je n'ai rien à craindre, parce que si j'empêchais aujourd'hui ce jeune homme de faire du scandale, il recommencerait demain.

— Qui sait ! s'il faisait une renonciation en bonne forme, déclarant qu'il n'est pas votre fils et signant qu'il n'aurait jamais recours aux tribunaux à ce sujet, vous seriez à l'abri du tapage qui va se faire autour de ce procès.

— Il ne la fera pas, cette renonciation.

La voix de Mme Suzanne devint d'une douceur extrême.

— Oh ! mon Dieu, monsieur le duc, je sais bien qu'on ne fait rien pour rien. Cet écervelé a mangé des millions, mais il n'a plus d'appétit.

Vous pourriez vous défaire de lui à bon marché.

— Combien ? demanda le duc sans réfléchir.

— Un petit demi-million. J'ai vu son avocat, par hasard, qui se promet bien d'obtenir ce chiffre devant la Cour.

— Jamais, dit le duc, d'ailleurs ma fortune ne me le permettrait pas. Et puis, que m'importe, je vais mourir.

— Mourir ! vous vivrez cent ans.

Mme Suzanne tâta familièrement le pouls du duc, mais au fond c'était le pouls de sa fortune qu'elle tâtait.

Elle comprit qu'elle avait été beaucoup trop loin en demandant cinq cent mille francs. Elle en abattit de beaucoup.

— Oui, reprit-elle, vous vivrez cent mille francs.

Cette femme d'argent avait voulu dire cent ans.

— Allons, dit-elle, je ne sais plus ce que je dis. J'ai voulu dire que vous vivrez cent ans, mais donnez cent mille francs à ce malheureux, et je vous réponds de tout.

Mme Suzanne avait jugé que de ces cent mille francs sa fille en aurait la moitié. Trivulzio jouerait le reste. Il aurait beau avoir cinq cent mille francs qu'il n'en donnerait pas davantage à la Salamandre, tant le jeu parlait haut chez lui.

Comment le duc s'était-il décidé à dire à Trivulzio qu'il n'était pas son fils ? Pouvait-il déchirer ainsi un acte de naissance, un acte authentique, si Trivulzio produisait cet acte de naissance ? Le duc et M. d'Armeville avaient prévu cela. Quand on a forfait à la loi, on ne s'arrête pas pour si peu. On fit faire un acte de décès, tout aussi authentique, dans un petit village de Hongrie, si bien que l'enfant, qui avait, pour une raison d'État, hérité d'un haut titre et d'une fortune princière, était mort sans laisser d'autre héritier que son père.

Que dirait le duc devant les tribunaux ? Il montrerait l'extrait mortuaire et avouerait dans sa douleur qu'il avait pris le fils naturel d'un de ses amis pour l'adopter un jour, s'il se montrait digne de ses bontés. De là Trivulzio. Comme ce n'était pas le vrai nom de la principauté, comme Trivulzio s'était conduit comme le dernier des polissons, les tribunaux donneraient gain de cause à un galant homme comme le duc.

Mais, si les tribunaux donnaient raison à Trivulzio !

Pour sauter d'un bond par-dessus le procès et par-dessus le scandale, le duc de Marigny prit au mot Mme Suzanne.

— Je vous en fais mon compliment, mais n'oubliez pas l'avocat.

— Quel avocat ?

— Moi.

— Comment, vous !

— Mais je suis le meilleur des avocats.

Et elle ajouta en riant : — Des mauvaises causes.

— Et combien vous paye-t-on quand vous avez plaidé ?

— Je suis payée selon la fortune des clients. Ainsi, vous, monsieur le duc, vous me donnerez dix mille francs.

Le duc savait qu'il ne faut jamais donner aux femmes que la moitié de ce qu'elles demandent. Il donna cinq mille francs à Mme Suzanne en disant : « Voilà qui est signé. »

Il ajouta :

— Que l'avoué de M. Trivulzio remette la renonciation à mon avoué, et on payera les cent mille francs.

Vous n'imaginez pas comment Trivulzio accueillit l'offre de ces cent mille francs. Il se campa sur ses talons, prit un air de prince de théâtre et s'écria avec un air de dédain :

— Je ne vends pas mon droit d'aînesse pour si peu.

Mme Suzanne dit tout bas :

— C'est plus que tu ne vaux !

Et comme il vivait aux crocs de sa fille, elle ajouta un mot que le respect de la plume empêche d'écrire.

Mais la Salamandre donna raison à Trivulzio.

— Il a raison, dit-elle, qu'est-ce que cent mille francs pour un homme comme lui ! cent mille francs par an passe encore, mais cent mille francs une fois donnés, ce n'est pas la peine de signer une quittance.

Mme Suzanne, qui tenait ses cinq mille francs dans sa poche, « engueula » un peu sa fille dans la peur de les perdre, mais elle réfléchit qu'un homme comme le duc de Marigny ne la forcerait pas par un procès à rendre cette bagatelle; après tout, elle avait plaidé la cause des deux parties : n'avait-elle pas gagné son argent ? Ne paye-t-on pas un avocat après un procès perdu comme après un procès gagné ?

Elle fit plus que de donner raison à Trivulzio, elle lui donna des conseils pour continuer le procès.

Que dis-je, des conseils ? elle risqua les cinq mille francs du duc.

Ce n'était pas la première venue que Mme Suzanne.

M. d'Armeville, qui conduisait cette affaire, fut quelque peu inquiet quand il vit que ces gens refusaient cent mille francs, car il savait, comme tout Paris, que Mme Suzanne et sa fille avaient toutes les malices dangereuses. J'ai déjà dit que Mme Suzanne logeait dans sa tête une étude d'avoué ; or Mlle Héloïse avait dans la sienne un cabinet d'avoué. Elle dédaignait les infiniment petits ; mais c'était une profonde légiste, soufflant le chaud et le froid, le pour et le contre, comme une femme qui sait que les lois ne sont faites que pour être violées.

On fit donc le procès avec passion. Les deux femmes se mirent à l'œuvre, parlant comme Trivulzio des malheurs du prince à tous les amis, remuant ciel et terre pour faire condamner le père dénaturé qui reniait son fils.

III

LA MAIN DE JUSTICE

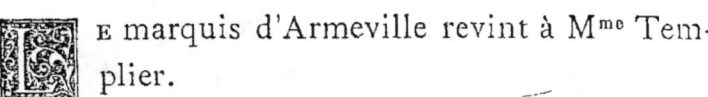E marquis d'Armeville revint à Mme Templier.

— En voici bien d'une autre, lui dit-il, ce coquin, qui a enlevé votre filleule et qui a presque ruiné le duc, va le faire mourir de chagrin par un procès qui sera un scandale comme tous les procès où les gens du monde sont en scène. Ici on va donner en pâture à tous les curieux un duc et un prince. Je suis désespéré.

— Et moi donc! Comment faire? demanda Mme Templier.

— C'est pour cela que je viens à vous. Nous avons dans un bon sentiment commis un crime

ensemble, il faut aller jusqu'au bout. Le duc re-
nie son fils qui n'est pas son fils, nous avons un
acte de décès qui nous débarrassera de lui. Mais il
faudrait prouver par un acte de naissance que
Trivulzio est né chez vous.

— Pourquoi ?

— Parce que nous prouverons que Trivulzio
est un enfant abandonné par sa mère et pris par
pitié par le duc de Marigny, quand il a perdu son
vrai fils, un an après sa naissance.

— Rien n'est plus facile, dit Mme Templier.
J'ai déclaré à ma mairie, dans ce temps-là, plus
d'un enfant qui a été abandonné... Attendez
donc... Je crois que celui-là a été déclaré.

— Mais n'a-t-on pas brûlé les registres de l'é-
tat civil de votre mairie ?

— Je ne crois pas.

— Il faut commencer par savoir cela et par
nous mettre sur nos gardes, car il ne faut pas tré-
bucher au début de cette affaire.

On en était là de la conversation quand Madeleine entra. Le marquis d'Armeville lui baisa
le front.

— Madeleine, lui dit-il, le moment est venu
de tout dire au duc de Marigny. Mme Templier va
m'accompagner, elle fera sa confession. Je m'ac-

cuserai, comme elle, car j'aurais dû veiller de plus près; en un mot, nous demanderons pardon à M. de Marigny de lui avoir donné, sans le savoir, une fille qui n'était pas la sienne. Ah! quel malheur ç'a été pour lui!

Quoique Madeleine aimât beaucoup Mme Templier, elle se dit :

— Ah! quel malheur ç'a été pour moi!

Il fut décidé que Madeleine accompagnerait Mme Templier à l'hôtel de Marigny, mais qu'elle se tiendrait dans la coulisse pendant la fameuse scène de la confession.

Quand on arriva, le duc était couché, toujours malade, mais n'imaginant pas qu'il dût bientôt mourir; au contraire, il se complaisait à dessiner le tableau de sa vie future au château d'Arvers, revenu de tout orgueil, vivant dans l'intimité de Madeleine et de quelques amis.

Madeleine, dans sa bonté, lui donnait cette illusion qu'elle irait souvent à Arvers. La vérité, c'est qu'elle était sur le point d'entrer à jamais dans une solitude plus sombre. Le couvent l'appelait par toutes ses voix divines.

Mme Templier, très-émue, ne fit pas de préface pour dire tout au duc.

A cette révélation inattendue, il s'indigna tout

haut. Il fallut toute l'amitié de M. d'Armeville
pour l'apaiser un peu dans sa colère.

Mais il ne voulut pas pardonner à Mme Templier d'avoir gardé vingt et un ans sa vraie fille,
pour lui donner cette Mathilde, qui était son op-
probre.

— Mon cher ami, lui dit le marquis, mieux
vaut tard que jamais: la fatalité nous a tous
aveuglés.

— Est-il possible, dit le duc toujours agité, que
cette femme ait été payée par moi pour me tromper!

— Ah! monsieur le duc, dit Mme Templier,
tout ce que vous m'avez donné ne rachète pas
mon chagrin : ç'a été le tourment de ma vie. Et
tout cela pour avoir dormi pendant deux ou trois
heures le matin de cette nuit terrible.

On aurait pu croire que le plaisir de retrouver
sa vraie fille eût désarmé le duc ; mais il faut bien
le dire, il y avait en lui un tout autre sentiment
que le sentiment paternel : il y avait le dernier
rêve de ceux qui ont peu vécu de l'éternel fémi-
nin.

On se souvient que M. de Marigny avait songé
sérieusement à épouser Madeleine ; il y songeait
encore. Il croyait qu'à force de vivre près d'elle,

toujours en communion sur mille et une choses de l'intimité, admirant les mêmes maîtres en
musique, aimant les bois du même amour, se pas-
sionnant aux mélancolies de la solitude, fuyant
les vanités du monde et le caquetage stérile des
salons, il finirait par la décider à devenir sa
femme.

Il retrouvait une fille, mais il perdait une
femme; voilà ce qui le troublait et ce qui l'empêchait d'accueillir d'un cœur tout épanoui la confession de Mme Templier.

Aussi, l'ancienne sage-femme, qui croyait que
tout allait se finir comme au théâtre, par des
larmes de joie, versait-elle dans son coin des
larmes amères.

Le duc remontait à chaque instant sur son indignation.

— Et que voulez-vous que je fasse de cette autre
fille que j'ai reconnue et à qui j'ai donné des millions, comme à ce coquin qui n'était pas mon fils!
Que va-t-il me rester pour Madeleine?

— Madeleine! dit Mme Templier, en se rappro-
chant du lit. Vous ne la connaissez donc pas,
monsieur le duc? Madeleine ne vous demande
que votre amour.

A ce mot « amour, » le duc tressaillit et porta la main à son cœur.

— Est-il possible que ce soit ma fille? murmura-t-il en soupirant.

Le marquis d'Armeville, tout en se promenant, avait ouvert la porte sur le salon, où attendait Madeleine. Sur un signe silencieux, elle apparut et vint doucement au lit de M. de Marigny.

— C'est moi, dit-elle, de sa voix charmeuse.

Le duc pâlit et lui prit la main.

Elle avait l'habitude de pencher le front sous les lèvres de M. de Marigny. Cette fois, elle l'embrassa comme elle embrassait Mme Templier, avec une effusion toute filiale.

Elle s'étonna de la froideur du duc.

C'est qu'il ne voulait pas l'embrasser lui-même sans avoir arraché de son cœur ce je ne sais quoi de profane et de voluptueux qui brûlait pour Madeleine.

— J'ai l'esprit tout égaré, lui dit-il : on vient de me dire que vous êtes ma fille. Je vous aimais, je ne vous aimerai pas plus. J'ai tant de nuages sur le front que je vous demande la grâce à tous de me laisser à moi-même. Puisque Mathilde n'est pas ma fille, donnez-moi le temps de la jeter hors de mon cœur. Quels que fussent ses torts, je lui gardais la meilleure place de la famille.

On voit que M. de Marigny ne disait pas toute sa pensée : il y échappait par des faux-fuyants.

Mme Templier ne savait plus quelle figure faire. Allait-elle emmener Madeleine ou la laisser pour toujours à l'hôtel de Marigny ?

Le marquis d'Armeville comprenait mieux la situation, car il n'avait pas oublié les confidences de son ami.

— Il l'aime toujours, dit-il tristement ; quoi que je fasse pour lui, je fais toujours mal.

M. d'Armeville avait entraîné Mme Templier dans le salon voisin, voulant que Madeleine restât seule près de son père, mais M. de Marigny, brisé par les émotions, avait fermé les yeux. Peut-être, dans son recueillement, voulait-il ne plus regarder Madeleine, dans la peur de la trouver trop belle.

La jeune fille, surprise de voir son père si attristé depuis la confession de Mme Templier, s'éloigna discrètement et rejoignit indiscrètement sa marraine, car elle arriva à la porte tout juste au moment où M. d'Armeville faisait lui-même une confession à l'ancienne sage-femme.

Comme la portière en tapisserie masquait Madeleine, elle put entendre ceci sans se montrer :

— Voyez-vous, madame Templier, il faut bien que je vous dise ce secret qui vous expliquera pourquoi le duc a si mal accueilli votre révélation : il m'avait demandé Madeleine en mariage.

— Ah! mon dieu! dit avec épouvante Mme Templier, nous avons beau faire, nous sommes toujours dans le drame.

— Le drame? mais c'est la tragédie, il y a là de la fatalité antique.

— Maintenant qu'il sait que Madeleine est sa fille il va l'aimer comme sa fille.

— Ou ne plus l'aimer du tout! Vous ne connaissez pas le cœur humain, il a ses volontés et ses despotismes, il n'obéit pas à la raison, c'est la raison qui lui obéit. Le duc est très-doux quand son cœur n'est pas en scène, mais je l'ai connu dans sa jeunesse : ab! il est terrible dans ses passions.

— Heureusement pour lui, comme pour Madeleine, qu'il est au bout de ses passions.

— Oui, mais ses passions n'en sont que plus désespérées; au moment où tout nous fuit, nous nous attachons avec fureur aux dernières branches! Madeleine est le dernier amour de M. de Marigny.

— Est-il possible qu'il se soit mis à l'aimer comme un amoureux ?

— Pourquoi pas? Si je n'avais été maître de mon cœur, moi-même je me fusse passionné pour elle. Tous les hommes qui l'ont vue l'ont aimée aussi, parce que ses yeux ont un charme qui pénètre et qui enivre.

— Ah! que j'ai de malheur avec mes trois duchesses!

Pendant que Mme Templier se frappait le cœur, Madeleine tombait à demi morte sur un fauteuil; le jour où elle retrouvait son père, il n'y avait en son père qu'un amoureux.

Elle se releva avec une énergie factice, elle passa dans le petit salon, elle alla à M. d'Armeville.

— Je sais tout, dit-elle, avec exaltation. Adieu, mon ami, adieu, mon seul ami.

Et se tournant vers Mme Templier :

— Adieu, mon amie; adieu, ma seule amie.

— Tu es folle, Madeleine, lui dit sa marraine.

— C'est pour ne pas devenir folle que je veux aujourd'hui même aller au couvent.

— Tu veux donc me faire mourir de chagrin?

— Non, car nous nous verrons toujours. Je

voulais me faire carmélite, mais je me ferai sœur
de charité et je viendrai veiller mon père.

A peine Madeleine eut-elle dit ces mots, qu'elle
embrassa tendrement sa marraine.

Voyant la tristesse profonde du marquis d'Armeville, elle se jeta dans ses bras en pleurant.

— Vous, lui dit-elle, vous seul, vous m'avez
aimée pour moi-même, et non pour vous-même.

Le marquis pleurait aussi, Madeleine se déta-
cha de ses bras et voulut s'enfuir.

Il la retint par ces mots :

— Et votre père !

— Oui, dit-elle, en revenant sur ses pas. Je
vais aussi lui dire adieu.

Quand Madeleine rentra dans la chambre de
M. de Marigny, il éclatait en sanglots. Elle s'approcha silencieusement du lit, elle prit les deux
mains du duc.

— Adieu ! lui dit-elle.

Il lui dit adieu sans la regarder et sans savoir
que ce fût pour toujours.

IV

LA CONFESSION

EMEURÉ seul, le duc sonna.

Quand son valet de chambre fut entré, il lui dit :

— Qu'on aille me chercher M. le curé de Saint-Thomas-d'Aquin.

Une heure après, le duc faisait à son tour sa confession. Il dit toute la vérité : il se confessa d'aimer encore sa fille d'un amour coupable.

D'un seul coup, M. de Marigny avait perdu toutes ses espérances et toutes ses illusions. Cet amour de Madeleine avait répandu, au couchant de sa vie, les teintes d'or et de pourpre dont le soleil qui s'en va colore l'horizon.

Mais un seul nuage avait tout effacé et tout assombri. Aussi le duc se tournait-il vers la mort comme vers un refuge. Rien, dans la vie, ne le retenait. L'orgueil, qui l'avait mené longtemps, l'avait trop malmené.

La famille, qui est la consolation de tant de cœurs blessés, n'avait plus pour lui que des déboires : Mathilde et Trivulzio semblaient n'avoir été créés que pour faire abhorrer la famille. Quoiqu'il fût riche encore, comme il avait perdu plus de la moitié de ses richesses, la fortune n'avait plus pour lui les joies qu'elle donne aux prodigues comme aux avares.

Qu'avait-il encore à faire ici-bas ? Était-ce bien la peine de vivre ?

Jusqu'à la confession de Mme Templier, il ne voyait pas la mort de près. Désormais, il ne voulait plus voir que la mort.

Avec le curé de Saint-Thomas d'Aquin, ce fut plutôt une causerie qu'une confession. Aussi lui recommanda-t-il Madeleine de tout son cœur.

— Quand je serai mort, mon cher abbé, vous la marierez ; elle mérite d'entrer dans toutes les grandes familles, dont vous êtes souvent le conseil.

Le duc ne se doutait pas que c'en était fait, et

que Madeleine avait choisi son époux sur la terre :
elle était fiancée à Jésus.

Le notaire vint après le prêtre.

— La loi est inflexible, lui dit maître N'importequi, jusqu'au jour où il sera reconnu par un
jugement que le prince Trivulzio n'est pas votre
fils, vous pouvez donner un quart de vos biens à
cette jeune fille, dont vous me parlez, à moins
que...

— A moins que...

— A moins que vous ne vendiez tout, pour
tout donner de la main à la main; mais je ne
conseille jamais le déshérit, parce que je suis le
représentant de la loi.

Le duc, qui avait toujours eu à lutter contre la
loi, s'écria :

— Eh bien, moi, je braverai la loi jusqu'au
bout. Vous allez aujourd'hui même mettre en
vente tous mes immeubles.

Les notaires sont toujours pour la loi. Mais
quand on leur donne l'ordre de vendre pour quelques millions d'immeubles ils ne sont pas fâchés
de donner quelques coups de canif dans le contrat
social. Aussi le jour même, Mᵉ N'importequi fit-il
faire les affiches de l'hôtel de Marigny, du château
d'Arvers et de toutes les terres que possédait

2.

M. de Marigny. Il envoya en outre par télé-
gramme « à ses collègues » de Vienne, de Londres et de Florence l'ordre de vendre de leur côté
tout ce qui appartenait au duc.

— Qui sait, disait M. de Marigny, si je vivrai
assez longtemps pour réaliser ma fortune !

Aussi fit-il d'abord un testament olographe pour
tout donner à Madeleine, espérant, s'il mourait
trop tôt, que Trivulzio serait débouté de ses pré-
tentions à revendiquer son titre de fils, c'est-à-dire
d'héritier.

Mais le duc avait beau se tourner vers sa fille il
ne pouvait arracher de son cœur la mauvaise
herbe, — *mala herba*, — comme dit le poëte pour
peindre l'amour fatal qui ruine le cœur.

Et en retrouvant ainsi sa vraie fille le duc de Marigny n'était pas délivré de ses enfants d'occasion.
Le nom de Mathilde lui donnait la fièvre, le nom
de Trivulzio l'exaspérait.

Le prince ou le ci-devant prince en était arrivé
à dire qu'il ferait « chanter » le duc de Marigny
comme une basse-taille. Un de ses amis, qui était
reporter je ne sais où, annonça que le procès entre
le prince Trivulzio et le duc de Marigny serait
une des causes célèbres de l'année, parce qu'elle
serait pleine de révélations sur quelques souve-

rains dépossédés. Trivulzio avait brûlé ses vaisseaux. Il portait un défi à toutes les opinions et à tous les événements. Il disait comme ce héros de comédie : « Ne me plaignez pas trop, car j'en suis arrivé à n'avoir plus rien à craindre et à pouvoir tout espérer. »

Quoique tout le monde eût pris le parti du duc, qui était un galant homme, contre ce chenapan, Trivulzio avait encore quelques partisans.

Quand on passe pour prince à Paris, on n'est jamais tout à fait lâché, même dans le troisième dessous. Plus d'un déclassé s'attache encore aux basques déchirées des habits de gala. Trivulzio avait beau n'avoir plus le sou, il avait encore ses courtisans et ses courtisanes. Tout Parisien ou Parisienne du demi-monde veut avoir un prince pour ami.

LIVRE II

LES VENGEANCES DIVINES

I

L'AMOUR IMPOSSIBLE

EPENDANT, que devenait Mathilde et que devenait Joinville?

Joinville aimait toujours Madeleine. Mais il n'espérait plus qu'elle lui pardonnât, d'autant moins qu'on lui avait dit que son départ avait tué tout à la fois son cœur et brisé sa carrière de cantatrice.

Le jeune peintre, arraché aux profondeurs de l'Adriatique, n'était revenu à la vie qu'en traversant une folie de trois mois. Ç'avait été le délire perpétuel d'un malade qui ne veut pas vivre et que la jeunesse condamne à vivre.

La princesse, d'ailleurs, l'avait sauvé par tous

les dévouements et toutes les tendresses. Jamais
sœur de charité n'avait témoigné plus de douceur,
de bonté, dans la sollicitude. On était débarqué
dans un village aux portes de Trieste ; pendant
de longues semaines la princesse avait veillé ce fou
amoureux, tout en se repentant de l'avoir jeté dans
ces désolations nocturnes, mais jurant de le sauver
à tout prix, même par le sacrifice de sa vie à elle.

Comment en vouloir à ceux qui vous aiment
trop ? Mais en étudiant bien Joinville on eût dé-
couvert qu'il ne pardonnait pas à Mathilde. Et
pourtant quel que fût son amour pour Madeleine,
quel que fût son désespoir de ne pas courir après
son rêve perdu, il avait subi l'ascendant de Mathilde.

On sait qu'elle avait une force magnétique irrésistible, la force de la volonté et la force de la sé-
duction. On appelait Madeleine la charmeuse, on
pouvait appeler Mathilde la magicienne. Joinville,
encore à demi mort, ne retrouva pas alors son
libre arbitre ; il se laissa pour ainsi dire bercer,
comme un enfant, dans la passion de Mathilde.
Il avait d'ailleurs, comme tant d'hommes qui ne
sont pas nés princes, le préjugé des femmes titrées,
il se laissait prendre par le mot princesse, comme
un enfant qui lit des contes de fées.

Et la princesse lui fut plus douce que jamais.
S'il eût été à Venise, sans doute il se fût échappé
pour aller se jeter aux pieds de Madeleine, sa
fiancée dût-elle lui répondre par le plus froid
dédain. Il eût ainsi obéi à son cœur comme à son
devoir ; mais près de Trieste, dans un manoir en
ruines, ne sachant comment fuir Mathilde, il
s'abandonnait à elle au jour le jour, croyant que
peut-être il ne serait pas trop tard le lendemain.

Mais chaque lendemain l'enchaînait plus étroi-
tement dans les bras de la princesse.

Elle-même s'obstinait à ce jeu cruel d'arracher
Joinville à Madeleine. Mais elle obéissait aussi à
son cœur. Depuis sa passion pour lord d'Harfox
elle avait couru quelques aventures, mais elle
n'avait aimé que Joinville, Le jeune peintre la
charmait par ses yeux, comme il avait charmé
Madeleine. Il avait pareillement charmé son esprit par son originalité, ses joyeux propos et son
imprévu.

Joinville était de cette série de causeurs intaris-
sables, qui dédaignent le répertoire courant. Il
avait un tour de phrase pittoresque qui amusait
la princesse, car elle avait horreur des vulgarités
qui se débitent dans le monde. Elle n'était pas
née princesse, mais c'était pourtant une femme

de race. Race maudite, disait sa mère ; mais dans
les civilisations perverties où nous vivons la race
de Caïn est fort à la mode : la force prime le droit,
l'esprit prime le cœur.

Dès que Joinville fut sur ses pieds, la princesse
l'entraîna en Hongrie, où elle avait pour ami un
général, fameux dans les dernières guerres d'Italie.
Elle lui présenta Joinville comme un peintre à
la mode qu'elle venait de rencontrer. On fut fort
bien accueilli dans les châteaux du fleuve bleu.

On passa ainsi tout un mois, évoquant les
poétiques légendes du Danube. Joinville était
accueilli comme un prince, il payait partout sa
bienvenue par des portraits en croquis, des caricatures ou des silhouettes de châteaux à la plume
à la manière de Victor Hugo, — car Victor Hugo,
voyageant sur le Rhin, a trouvé l'art de marquer
par un trait vif, comme à l'eau-forte, la physionomie des vieux burgs qui témoignent des mœurs
du moyen âge.

La princesse parla enfin de revenir à Paris.
Joinville, qui n'osait plus penser à Madeleine,
eût mieux aimé que la princesse parlât de retourner en Italie. Il lui semblait que ce serait un supplice pour cette chère fille qu'il avait dû mortellement blesser. Il aurait beau lui dire, s'il la re-

voyait, comment les choses s'étaient passées, elle ne pourrait que le mépriser, pour s'être attardé dans les bras de la princesse, quand, de son côté, elle mourait de ne pas le voir.

Il proposa à Mathilde de repasser par l'Italie, ou tout au moins par Venise, où il avait quelques toiles à reprendre à l'hôtel de la Lune, tout en réglant sa dépense. Il espérait retenir la princesse le plus longtemps possible, soit à Venise, soit à Florence, soit à Rome, qu'il voulait voir, ne fût-ce qu'en passant. La princesse consentit à repasser par l'Italie, mais rapidement, parce qu'il était indispensable qu'elle fût à Paris pour la succession de son mari.

— Et d'ailleurs, dit-elle à son amant, le duc de Marigny est malade et me maudit. Je le désarmerai; il ne faut pas qu'il meure en me déshéritant.

Et sans songer le moins du monde à blesser Joinville, elle ajouta :

— Nous ne pouvons pas vivre de l'air du temps.

A ce mot, Joinville bondit :

— Est-ce que vous vous imaginez, Mathilde, que je veux vivre de votre fortune ?

— Pourquoi pas ? le grand mal ! ne serez-vous pas mon mari ?

La princesse prit doucement Joinville dans ses bras.

— Oui, dit Joinville, mais quelque chose en moi se révolte à l'idée de vivre avec la fortune d'une femme, même si c'est ma femme. Tout homme de cœur doit vivre de son travail. Je vais me mettre à peindre. Dieu merci, j'espère bien gagner mon pain.

— Qui t'en empêchera, grosse bête ? dit la princesse en embrassant encore Joinville. Tu ne peux pourtant pas me condamner à jeter ma fortune en pleine mer. Tu sais comme je suis gourmande en chevaux, en robes et en diamants : tu me permettras bien d'avoir une petite galerie de tableaux de maîtres modernes où Joinville aura sa place. Veux-tu me vendre un tableau, monsieur Caton ?

— Je te le donnerai, répondit Joinville.

— C'est cela, tu vois que c'est toi qui m'entretiens.

On resta sur ce mot ce jour-là, mais chaque fois qu'il fut question de mariage, Joinville se rembrunit en disant qu'il n'était pas assez riche pour épouser une princesse.

Un jour pourtant il lui dit comme par une inspiration :

— A quand le mariage ?

On repassa donc par Venise, où le jeune peintre retrouva son atelier improvisé à l'hôtel de la Lune. On était aux premiers jours de l'hiver, la ville aquatique lui parut triste comme un tombeau ; il lui sembla que son amour fût enterré sous les larmes de Madeleine. On partit de là pour Florence et pour Rome. Joinville retrouva partout la tristesse des villes mortes et les jours nocturnes de l'hiver. On s'imagine trop à Paris que l'Italie rayonne toujours sous le soleil, au milieu des fêtes perpétuelles. Quiconque voyage l'hiver en Italie sans le sentiment des arts n'y trouve partout que le fantôme du passé.

Joinville avait, certes, le sentiment des arts, mais le souvenir attristé de Madeleine jetait sur toutes choses un crêpe de deuil. La princesse, qui était naturellement gaie, avait fini elle-même par s'assombrir devant les idées noires de son amant.

II

LES PLAISIRS DE PARIS

E jour même où Madeleine disait adieu à son père, la princesse del Renozzi rentrait à Paris.

Cette fois, Mathilde n'osa pas se hasarder à l'hôtel de Marigny; elle débarqua sans fracas à l'hôtel du Bon Lafontaine, qui est dans le voisinage, ne sachant encore ce qu'elle devait faire.

Elle n'arrivait pas seule, Joinville l'accompagnait.

Comme l'hôtelier demandait quels noms il fallait inscrire sur le livre de police, elle donna sans hésitation le nom de la princesse Renozzi et le nom de Joinville.

Elle revenait en très-petit équipage de ses pérégrinations romanesques.

Que s'était-il passé ? Comment Joinville était-il demeuré avec elle, Joinville qui mourait d'amour pour Madeleine ? Ce sont là les secrets du cœur humain. Si on écoute une de leurs causeries du soir, saura-t-on quelque peu l'état de leur âme.

La princesse. — C'est triste, n'est-ce pas ? Joinville, quand on revoit Paris le soir dans l'hôtel du Bon Lafontaine.

Joinville. — Oui, c'est triste.

La princesse. — Mais demain je te louerai un atelier digne de toi en attendant notre mariage.

Joinville. — Pourquoi attendre plus longtemps ?

La princesse. — C'est que tu penses toujours à Madeleine.

Joinville. — J'aurais beau penser à Madeleine, tu sais bien que Madeleine ne penserait plus à moi.

La princesse. — Prends garde, je suis jalouse à en mourir.

Joinville. — Pourquoi ? puisque je t'ai dit que je t'aimais.

Nous aimons à croire que cette réponse de Joinville ne trompera personne, hormis la princesse.

L'amour de l'atelier reprit Joinville. Il se disait que la peinture le consolerait de l'amour, comme Madeleine avait dit de la musique.

Quand il se remit à l'œuvre, quelques jours après l'arrivée à l'hôtel du Bon Lafontaine, il fut surpris de ne rien trouver sur sa palette. Il donna quelques coups de pinceau à une ébauche commencée, il passa à une tête d'expression représentant la Jeunesse, représentant surtout Madeleine ; mais, au lieu de la faire plus belle, grâce au souvenir des maîtres italiens, il en altéra le sentiment. De cette chose, toute d'impression, qui avait le caractère des œuvres primesautières, il fit une figure, qui avait peut-être plus de style, mais qui avait perdu tout son charme. Il mit sur son chevalet une troisième toile, une toile toute blanche cette fois ; il chercha, il ne trouva rien. Il se promena en regardant toutes ses esquisses. C'était comme le réveil de ses souvenirs. Il se demanda comment lui, qui était parti si vaillant, il s'en revenait sans force et sans courage. Était-il possible que les passions, l'amour adorable de Madeleine, la volupté entraînante de Mathilde eussent en si peu de temps fait de lui un pauvre corps sans âme ?

Il regarda son portrait, qui datait d'un an. Il se regarda lui-même dans un miroir.

— Je ne me reconnais pas ! dit-il.

En effet, ce n'était plus le même homme. Dans le portrait, la vie éclatait, tandis que dans Joinville, l'image de la mort transperçait à travers le masque.

— Ah! ma mère, s'écria-t-il.

Il venait de voir le portrait de la bonne femme qu'il avait peinte naguère. Sa mère était venue le voir, il avait gardé cette image. Il l'avait peinte en paysanne dans toute sa rusticité savoureuse. C'était une œuvre de maître que nul n'avait remarquée. Joinville, qui s'y connaissait, dit alors :

— C'est beau, cette figure.

Mais il y avait mieux là pour lui qu'une œuvre d'art, il y avait une œuvre de sentiment. Diderot avait voulu que Chardin peignît son père dans son ajustement de coutelier, pour le retrouver dans toute sa nature. Ainsi avait fait Joinville de sa mère en la peignant dans son accoutrement de petite fermière chassant ses vaches à l'étable.

— Il faut pourtant que j'aille la voir, la pauvre femme, murmura Joinville avec des larmes dans les yeux.

La princesse, qui ne le laissait pas longtemps seul, vint le surprendre à l'atelier.

— Que regardes-tu donc là? Joinville.

— Je regarde ma mère.

— Ça! ta mère.

Joinville pensa que Madeleine eût souri avec amour à ce portrait, bien loin d'en parler avec un air de dédain.

— Oui, ça, ma mère, une brave femme s'il en fut, dit Joinville en le prenant de haut. Voyez-vous, Mathilde, le premier devoir d'une femme, c'est de faire des enfants, pour en faire des hommes; eh bien! ma mère, que vous voyez là, a fait de moi un fils digne d'elle, puisque je l'aime telle qu'elle fut.

— Je ne trouve pas de mal à cela; mais il me semble que tu aurais pu la peindre avec un peu plus de chic.

— Et un peu moins de vérité. Je ne pouvais pourtant pas lui mettre sur la tête une couronne de princesse!

— Oh! ces impressionnistes! Ce n'est pas en-

core ce portrait que je t'acheterai pour mettre
dans une galerie de maîtres modernes.

— Tu sais bien que je ne te vendrai pas ma
mère ! Et d'ailleurs, vois-tu, le portrait d'une
mère c'est sacré; on ne montre ça qu'à soi-
même. Il me semble que si tout le monde regardait le portrait de ma mère, on lui prendrait quelque chose de son amour pour moi en la dévisa-
geant.

— C'est sublime, dit Mathilde.

Mais elle n'en pensait pas un mot.

Elle se dit tout bas que Joinville était encore
un peu fou, mais elle se dit aussi : « Il a vécu
dans un tel milieu qu'il ne sera jamais un homme
du monde. S'il était un homme du monde il ne
serait pas un artiste, et s'il n'était pas un artiste
je ne l'aimerais peut-être pas. »

Joinville dit à la princesse qu'il allait se remettre à son portrait pour le pouvoir exposer au Salon
prochain.

Mais elle eut l'esprit de lui dire que c'était
trop tôt et elle lui conseilla d'exposer plutôt deux
figures symboliques comme celle qu'il appelait la
Jeunesse.

Mathilde n'y retrouva pas l'air de tête de Madeleine, grâce à la retouche faite une heure auparavant.

— Tu sais, lui dit-elle, que nous irons dîner aujourd'hui dans un des cabarets où dînent tes amis de la bohème. Tu diras que je suis une grande dame hongroise qui ne sait rien de Paris, qui se croit dans le meilleur monde. Je veux m'amuser un peu.

— Et si on te reconnaît ?

— C'est impossible, tu ne vois donc pas qu'en changeant la couleur de mes cheveux, en me donnant des airs d'étrangère, en m'habillant à la diable, je ne me reconnais pas moi-même.

Mathilde, en effet, s'était amusée en voyage à refaire sa figure. Quoiqu'elle se trouvât belle, elle s'ennuyait de voir toujours le même masque. Plusieurs fois déjà elle avait passé de la brune à la blonde, de la blonde à la châtaine. Cette fois elle était devenue rousse, un rayon de soleil comme les belles chevelures giorgionesques. Avec cette gerbe d'or, avec un grain de beauté inaccoutumé, avec une pâleur légèrement safranée, avec des lèvres peintes au plus beau vermillon, c'était une vraie métaphore. Mathilde n'en était pas plus belle, mais il y avait en elle de l'étrange et de l'étrangère ; elle pouvait traver-

3.

ser Paris incognito, elle qui était une Parisienne
pur sang.

Joinville lui représenta, mais en vain, qu'il y
avait bien quelque danger à courir en noctam-
bule les régions de la bohème. On pouvait la reconnaître; elle perdrait de sa dignité et de son
prestige; et puis, que diraient ses amis, à lui, le
jour du mariage, quand ils reconnaîtraient que
cette belle coureuse d'aventures n'était autre que
la princesse? Mais la logique des femmes répond
à tout.

— Ils ne me reconnaîtront pas, dit-elle à Joinville, parce que, le jour de notre mariage, j'irai à
l'autel toute métamorphosée encore. Je me ferai
une figure de circonstance, une tête de vierge flo-
rentine dans la gravité des vieux maîtres. Tu se-
ras content.

Joinville obéit. Que lui importait, après tout,
que la princesse fît quelques folies de plus, à lui
qui ne vivait plus que pour la vengeance!

Il avait entrevu Madeleine aux Champs-Élysées : l'amour avait repris tout son cœur.

Il conduisit donc la princesse à travers les zo-
nes brûlantes de la jeunesse parisienne, qui jette
son bonnet par-dessus le dernier moulin de Mont-
martre.

Mlle Maria, qui ne s'était pas éternisée à Venise après le départ de Mathilde, était revenue à son boursier ; mais à la Bourse, il y a le flux et le reflux, comme au rivage. L'ex-femme de chambre retrouva son boursier sous la rafale de la dernière liquidation.

Ni sou ni maille ; à peine quelque crédit sur l'escalier de la Bourse ; elle entama son capital, mais elle se garda bien de venir au secours de son amant. Elle attendait un autre coup de fortune quand revint la princesse.

Elle-même, depuis son ascension, s'était métamorphosée des pieds à la tête, en commençant par la couleur des cheveux.

Un étranger me disait en voyant étagées, sur les gradins du cirque, quelques gredines de haute et basse volée :

— Oh ! oh ! il y a toute une exposition nouvelle ?

— Non, lui répondis-je, ce sont les mêmes tableaux, mais ils sont repeints.

La princesse ne dédaigna pas d'emmener Mlle Maria dans ses pérégrinations nocturnes. Quoiqu'elle n'eût jamais été du vrai faubourg Saint-Germain, elle disait sans cesse que ce monde-là était trop ennuyeux pour qu'elle y retournât.

Elle ne voulait pas s'avouer que c'en était fait pour elle des plaisirs du monde ; elle était tombée dans le troisième dessous pour ne plus se relever.

III

COMMENT JOINVILLE VENGEA MADELEINE

OINVILLE voyait tout cela avec un sourire attristé, mais moqueur; il semblait qu'il assistait à une comédie dont lui seul savait le dénoûment.

Enfin le dénoûment s'approchait, car c'était une comédie. En effet, il ne paraissait pas jouer son rôle, parce qu'il jouait au comédien qui écrit lui-même la comédie; aussi la princesse, qui n'était pas bête, y fut prise la première.

Mathilde n'avait pas encore osé tenter une entrevue avec le duc de Marigny. Elle se disait, d'ailleurs, que ce n'était pas la peine de rentrer en grâce, pour le fâcher encore en épousant Joinville.

Or elle était bien décidée à épouser Joinville.
Pourquoi ? parce qu'elle l'aimait et parce qu'elle
ne voulait pas qu'il épousât Madeleine. Mais il y
avait d'autres motifs : elle voulait se remarier.
Les femmes les plus désordonnées dans le mariage
se remarient toujours tant elles aiment à casser
leurs chaînes, tant elles ont la soif du fruit défendu. Joinville n'était pas ce qu'on peut appeler
dans le monde un beau parti, mais c'était un beau
mari ; il n'était pas riche, mais la princesse était
riche pour deux ; il n'était pas prince, mais qu'à
cela ne tienne, il n'en coûte pas bien cher pour
devenir prince étranger. N'est-ce pas très-bien
porté en France par les Broglie, les Polignac, et
tant d'autres qui sont l'orgueil du livre héraldique ?

Une femme vaillante comme Mathilde veut
triompher de tout ; elle était de celles qui se créent
des obstacles pour les sauter à pieds joints. Joinville laissait dire et laissait faire ; c'était ce qui
charmait la princesse. Elle était trop batailleuse
pour ne point adorer un homme qui lui donnait
raison, surtout quand elle avait tort.

Un jour elle dit au jeune peintre :

— Monsieur mon amant, dans onze jours vous
serez mon mari.

— Enfin ! dit Joinville.

Il pensa que Madeleine allait être vengée.

Mathilde vint s'asseoir à côté de lui et lui dit
mille choses caressantes :

— Oui, monsieur, mari et femme ; il y a trop
longtemps que nous cultivons un amour tout pla-
tonique. Il semble, en vérité, que nous sommes à
tout jamais revenus des passions.

— Il faut bien faire pénitence, dit Joinville.

— Dieu merci, mon cher amoureux, vous êtes
stoïque.

— Moi, pas du tout ; mais dès que vous avez
parlé de notre mariage, vous m'êtes apparue dans
toutes les blancheurs de la fiancée. Je n'ai pas
voulu tordre le cou à la colombe. Êtes-vous donc
fâchée de me voir à vos pieds dans l'amour le plus
respectueux ?

— Je vous comprends, Joinville. Quand j'étais
la femme d'un autre, vous me trouviez bonne
pour votre maîtresse ; mais depuis que je suis devenue votre femme, vous voulez me convaincre
de la sainteté du mariage. Chacun travaille pour
soi ; mais, entre nous, ce sont là des malices cousues de fil blanc. Il n'y a qu'une chose qui re-
tienne la femme à son mari : c'est l'amour.

— Il y a une autre chose, Mathilde, c'est le devoir.

— Ah ! mon cher Joinville, dans le monde où nous vivons, le devoir est encore un préjugé. Mais rassure-toi, je sens que je t'aimerai toujours.

La princesse embrassa son amant sur les yeux.

— Les beaux yeux ! dit-elle avec adoration.

Joinville se laissait adorer de l'air du monde le plus nonchalant. C'était ce qui charmait la princesse. Les femmes d'action aiment les rêveurs qui s'abandonnent.

C'était Mlle Maria qui s'était mise en campagne pour le mariage. Afin d'échapper aux journaux, on avait pris domicile dans un petit village de la Champagne dont elle connaissait le maire, lequel ne s'était pas montré bien formaliste sur le domicile réel, car Joinville et Mathilde s'étaient à peine montrés dans ce village.

Il fut pourtant convenu qu'on enverrait quelques lettres de faire part. La princesse écrivit à M. d'Armeville, en le priant de mettre aux pieds du duc tout son amour et tout son respect. Elle n'avait pas voulu le troubler par ce nouveau mariage, où elle trouverait la rédemption par l'amour. Elle jurait que cette fois c'en était fait de ses ex-

travagances, elle allait vivre simplement dans l'a-
telier de Joinville, comme une femme revenue de
toutes les folies mondaines.

Le marquis d'Armeville, qui savait toute l'histoire de Madeleine et de Joinville, ne daigna pas
répondre à cette lettre. Il ne vit en Joinville qu'un
bohème sans foi ni loi; il ne vit en Mathilde qu'une
affolée.

Il jugea superflu de parler au duc de cette nouvelle équipée.

Pourquoi Madeleine reçut-elle une lettre de
faire part ? Sans doute, c'était la princesse qui lui
donnait ce coup de poignard dans le cœur.

Point du tout, c'était Joinville.

Pourquoi ? Ah ! voici le mot de l'énigme.

Jusqu'à la veille du mariage, Joinville avait
joué le jeu du futur époux, mais la veille du mariage, comme Mathilde, ivre de joie (car elle y
allait bon jeu bon argent), lui parlait d'amóur en
l'embrassant, il la rejeta de ses bras jusqu'à ses
pieds.

Elle le regarda sans comprendre.

— Que t'ai-je fait ? lui demanda-t-elle inquiète
mais rieuse encore.

— Ce que tu m'as fait ? lui répondit-il, tu as
tué mon cœur.

La princesse s'était relevée.

— Tu redeviens fou, Joinville.

— Moi, pas du tout. J'ai toute ma raison. Tu as donc oublié le yacht de Trivulzio?

IV

LA COMÉDIE

UE veux-tu dire?

La figure de Joinville avait changé; le masque placide, vaguement attristé et souriant, était tombé; une expression de raillerie et de colère éclatait dans les yeux et sur les lèvres.

— Je veux dire, madame, que c'est aujourd'hui ma revanche. Je veux dire que je ne pouvais effacer l'insulte faite à Madeleine, que par une pareille insulte faite à vous-même. Je ne vous épouserai pas plus que je n'ai épousé Madeleine.

— Vous avez joué cette comédie?

— Oui, j'ai joué cette comédie. Je voulais venger Madeleine. Je voulais venger mon cœur. Vous allez comprendre toutes les tortures de celle dont vous avez trahi l'amitié ; mes tortures à moi je ne les compte pas, car je suis un homme mort : vous avez tué l'art en moi, en voulant tuer mon amour pour Madeleine. Je n'ai aimé, sachez-le bien, je n'ai aimé que Madeleine, et je mourrai en disant son nom. Elle a été toute ma religion, tout mon rêve, tout mon idéal. Avant elle, je n'étais rien ; elle m'a aimé et j'ai senti le génie en moi. Elle ne m'aime plus, et je ne suis plus rien.

La princesse regardait Joinville en se demandant s'il était sérieux. Mais il n'y avait pas à s'y tromper, sa colère vengeresse lui donnait je ne sais quoi de grandiose et de terrible, aussi elle se sentait petite devant lui. C'est en vain que, selon son habitude, elle le voulait dominer par le regard et par la parole, il l'avait vaincue, elle était toute défaillante, sous le souvenir de sa trahison envers Madeleine. D'ailleurs, le coup était si imprévu qu'elle n'avait pas préparé d'armes pour se défendre. Et puis, comment se défendre contre cet homme qu'elle adorait ?

Elle voulut pourtant dire un mot.

— Joinville, tout mon crime a été de vous aimer.

— Non, madame, vous ne m'aimiez pas quand

vous m'avez enlevé à Madeleine. Aujourd'hui vous m'aimez parce que je l'ai voulu, parce que j'ai voulu que votre amour fût ma vengeance.

— Et vous allez retourner à Madeleine en lui disant que vous m'avez traînée à vos pieds ?

— Je ne retournerai pas à Madeleine, mais je veux qu'elle sache toute la vérité ; il fallait vous frapper au cœur, puisque vous lui aviez donné le coup de poignard. Madeleine ne me pardonnera pas toutes ses douleurs, mais quand elle saura tout, elle reconnaîtra que j'étais digne d'elle.

La princesse, qui avait courbé le front, prit une autre attitude.

— Vous savez, monsieur Joinville, que vous êtes infâme. Vous savez que je ne veux pas survivre à votre lâcheté. Vous savez que je ne suis pas une femme dont on fait un jouet.

— Je sais qui vous êtes, comme je sais qui je suis ; vous avez humilié Madeleine par un mariage manqué, je veux vous humilier pareillement ; vous l'avez humiliée à Venise, je veux vous humilier à Paris. Tout le monde saura que je me suis enfui de ce mariage, comme on a dit que je me suis enfui de Venise.

— Vous vous êtes fait des illusions, monsieur

Joinville. Quand on dira que ce mariage est brisé, on pensera qu'une princesse comme moi n'a pas voulu épouser un homme comme vous.

— On en pensera ce qu'on voudra ; mais il est probable que ce ne sera pas pour vous canoniser. On dira, par exemple, que Joinville n'a pas voulu épouser sa maîtresse.

— Voilà bien ces hommes de rien, ils se font un piédestal de tout.

Joinville prit la figure la plus respectueuse ; il dominait sa colère comme il avait dominé sa vengeance pendant de longs mois.

— Madame la princesse, dit-il, je n'ai jamais insulté une femme ; ce que je pourrais dire de plus fâcheux ne vous surprendrait pas, car vous vous connaissez bien. J'aime mieux saluer toutes vos perfections.

Disant ces mots, Joinville prit son chapeau et voulut sortir.

— Joinville ! dit Mathilde avec un cri du cœur.

Sa colère, qui montait, ne pouvait étouffer son amour : il lui semblait que tout ce qui lui était doux au monde allait partir avec Joinville.

Il ne s'était pas retourné.

— Joinville! dit-elle encore.

Elle le prit dans ses bras et l'arrêta sur son cœur par l'étreinte la plus passionnée. Elle était haletante; elle pleurait malgré elle.

Mais une seconde fois il la rejeta à ses pieds et disparut en riant.

V

LA FORCE DE L'AMOUR

IL se garda bien d'aller à son atelier, craignant que Mathilde n'en fît le siége et ne l'inquiétât. Il descendit au Grand-Hôtel comme un voyageur; il passa toute la soirée à écrire : c'était une lettre à Madeleine, une lettre trop longue pour s'encadrer ici, mais j'en donnerai quelques passages.

Joinville commençait par conter toute l'histoire qui s'était passée dans le yacht de Trivulzio : comment il s'était jeté à la nage, comment il avait été sauvé, comment la princesse l'avait veillé six semaines durant, au voisinage de Trieste.

« Vous voyez, Madeleine, qu'il était trop tard

« quand je revins à moi, puisque pendant plus de
« six semaines le médecin n'espérait pas me sauver.
« Que me restait-il à faire ? Vous écrire? Mais
« vous n'auriez pas voulu lire ma lettre, puisque
« vous n'avez pas répondu à ma dépêche, dans
« votre juste indignation. Voilà pourquoi je pris
« contre la princesse une haine qui vivra autant
« que mon amour pour vous. Amour et haine, je
« les sens par delà le tombeau.

. . . .

« J'étais si affaibli que je ne pouvais reprendre
« courage à rien. Mathilde voulait effacer son
« crime par mille douceurs inaccoutumées ; elle
« me dit qu'elle ne me quitterait jamais et qu'elle
« voulait devenir ma femme. Ce fut alors qu'il
« me vint l'idée de cette vengeance que je vous
« offre en expiation. C'est l'expiation forcée pour
« elle...

« Pardonnez-moi tous vos ennuis en pensant à
« mes tortures. J'ai eu le triste courage de jouer
« une comédie interminable, parce que je voulais
« que ma vengeance fût éclatante. Je pouvais
« tenter de me jeter à vos pieds et de vous ouvrir
« mon cœur, mais une fois encore vous vous fus-
« siez détournée. Aujourd'hui que j'ai infligé la
« peine du talion, en m'enfuyant de ce mariage

« qu'elle voulait; — aujourd'hui que par mes
« artifices elle m'aime jusqu'à la folie et jusqu'à
« l'humiliation, aujourd'hui que je l'ai jetée à
« mes pieds, — vous me croirez.

 « Eh bien, je vous ai aimée, je vous aime, je
« vous aimerai.

 « Depuis le jour fatal où cette femme m'a enlevé,
« à Venise, sous prétexte d'éviter un scandale
« pour vos diamants qui avaient été les siens, je
« n'ai pas un seul jour, pas un seul moment for-
« fait à notre foi, à notre amour; seulement j'ai
« joué la comédie pour mieux arriver à ma ven-
« geance. C'est en vain qu'elle a mis en œuvre
« toutes ses séductions. Vous la connaissez, mais
« je l'ai payée en monnaie platonicienne...

 « Pour ne pas tuer cette femme, il m'a fallu
« une grande force sur moi-même. Plus elle m'ai-
« mait, plus j'étais révolté; elle a pu croire qu'elle
« m'avait conquis à force de sollicitude, en me
« veillant dans mes nuits de fièvre et de délire.
« Mais j'étais toujours tout à vous et tout à ma
« vengeance. Enfin, j'y suis arrivé, mais me par-
« donnerez-vous? mais me comprendrez-vous ?
« J'ai rencontré une fois Trivulzio et j'ai voulu
« vous l'envoyer comme ambassadeur, car il sait
« un peu l'histoire par le commandant de son

« yacht. Mais Trivulzio n'est pas reçu chez vous.

« Et puis je n'ai pas confiance en lui, j'avais

« peur qu'il ne parlât à la princesse.

« L'abîme que cette femme a creusé entre nous

« me paraissait infranchissable, je m'y précipite

« aujourd'hui, mais j'ai bien peur de ne jamais

« vous revoir. »

. . . .

Cette lettre de Joinville arriva-t-elle à Madeleine ?

VI

SUITE DE L'HISTOIRE DU COUP DE REVOLVER DE Mlle ESTHER.

ANS son affolement amoureux, subissant encore les tournoiements des vertiges, ayant peur de la folie, comme tous ceux qui ont été fous, le jeune peintre avait peur de tout. Lui qui avait été si vaillant contre la misère, lui qui avait abordé de front tous les périls de la jeunesse dans les premières batailles de la vie il n'osait plus aller droit au but. Ainsi, dans son adoration de Madeleine il avait peur de lui parler. Il eût été si simple d'aller à elle et de lui ouvrir son cœur, mais il avait l'effroi d'être pris pour un fou et de le redevenir. Plus d'une fois il s'était hasardé dans la rue Bil-

laut, mais sur le point de frapper à la porte de
Mme Templier, sa main indécise n'avait pu obéir.
Il attendait que la destinée débrouillât les nuages
et les obstacles.

Un jour il rencontra Mlle Esther, qu'il avait
vaguement connue. Il la savait nièce de Mme Templier, il se hasarda à lui parler. Il aurait bien
voulu qu'elle fût son ambassadrice, mais quoiqu'elle se regardât alors comme une femme du
monde par son mariage inespéré, elle lui dit qu'elle
ne voyait pas sa tante et qu'elle ne rencontrait
jamais Madeleine. Elle était femme de bon conseil;
elle lui dit qu'il n'y avait pas quatre chemins,
mais un seul : courir à Madeleine et lui demander
grâce. Mais il ne suivit pas le conseil.

J'ai mis en scène Mlle Esther dans la tragi-comé-
die de son mariage à Londres. Je vais la représenter dans le dernier acte; vous verrez qu'elle est la
digne fille de Mme Suzanne et la digne sœur de la
Salamandre.

Vous savez que le père d'Arthur Murray était
en Égypte.

L'Égypte est à une heure de Londres par le
télégraphe, M. Murray apprit bien vite le mariage de son fils et il partit pour Londres en toute
hâte. De Londres il vint à Paris. Il tomba comme

le tonnerre chez M. et Mme Arthur Murray, qui
venaient de louer un grand hôtel aux Champs-
Élysées.

Il ne trouva que la femme.

Miracle inouï, cet homme, qui avait perdu la
voix depuis cinq ans, la retrouva à cette heure suprême.

— Madame, dit-il à sa bru, vous croyez avoir
épousé mon fils, mais ce mariage n'est qu'une
comédie.

La femme le prit de très-haut.

— Monsieur, ce mariage est sacré comme tous
les mariages qui se font devant Dieu. J'ai juré
d'être une épouse fidèle, je tiendrai mon serment.

— Allons donc! on connaît votre manière de
vivre, vous avez scandalisé tout Paris.

M. Murray ne se possédait plus.

— Monsieur, vous êtes chez moi; je veux bien
vous pardonner vos injures, parce que vous êtes le
père de mon mari; mais je vous mets au défi de
faire casser ce mariage, pour deux raisons.

— Quelles raisons, s'il vous plaît?

— Asseyez-vous, monsieur, vous êtes trop bien
élevé pour ne pas reconnaître que je suis une
femme bien élevée. Il n'y a que les gens du peuple qui causent debout à la porte.

M. Murray mit un genou sur une chaise.

— Je vous écoute, madame.

Esther s'était assise et avait pris son éventail.

— Eh bien ! monsieur, votre fils ne me quittera pas pour deux raisons : la première, c'est que nous nous aimons; cette première raison pourrait me dispenser de vous dire la seconde, mais je joue avec vous cartes sur table. Votre fils a juré sur l'Évangile qu'il avait votre consentement : si vous voulez prouver qu'il ne l'avait pas on enverra votre fils sur les pontons que la reine d'Angleterre appareille pour les parjures et les sacriléges.

Ce fut un coup terrible pour M. Murray qui n'avait pas pensé à cela. Il se leva, tourna sur lui-même et voulut parler, mais il avait reperdu la voix, tant il était tué par l'émotion.

Son fils rentrait alors ; il lui prit la main comme dans des tenailles de fer pour l'entraîner vers une arrière-pièce, loin de sa femme.

Après l'avoir foudroyé du regard, il murmura sourdement :

— J'ai pensé à tout, tu m'as déshonoré, voici mon premier et mon dernier mot.

Il présenta un revolver à son fils qui recula de

trois pas ; M. Murray le suivit en armant le revolver.

— Si tu n'as pas le courage de te faire justice,
je te ferai justice moi-même.

Arthur Murray eut peur et tomba à genoux.

— Mon père ! Mon père !

M. Murray fut à moitié désarmé, il avait adoré
son fils, il sentit que sa vie était là. Mais l'honneur reparla en lui, il leva le pistolet.

— Mon père ! Mon père ! dit encore Arthur
Murray.

— Eh bien ! dit le père en posant le revolver
sur la cheminée, je t'abandonne à tes remords.
Fais de cette arme ce que tu voudras. Si tu as du
courage je ne te survivrai pas et je mourrai fier
de toi ; si tu n'as pas de courage j'irai mourir loin
de toi, je réaliserai ma fortune en or pour tout
donner aux pauvres de Londres. Souviens-toi
que ta mère est là-haut. Ta mère que tu as ou-
bliée, elle nous regarde tous les deux.

Esther était survenue à pas de loup. M. Murray
se croyant bien seul n'avait pas refermé la porte
sur lui.

La jeune courtisane, qui avait assisté à cette
scène presque silencieuse, saisit le revolver et

l'appliqua sur son front: le coup partit, elle tomba
à la renverse.

— A la bonne heure, dit M. Murray, cette
femme vient de racheter ses péchés.

Arthur Murray se précipita sur sa femme :

— Esther, qu'as-tu fait ?

A son tour, il saisit le pistolet, mais Esther lui
retint la main.

M. Murray ne voulut pas rester plus longtemps
acteur dans cette scène, il s'enfuit à moitié fou,
en disant :

— Que la volonté de Dieu s'accomplisse !

Il croyait ingénument que la belle Esther
n'en reviendrait pas, mais dès qu'il eut tourné
les talons, elle souleva la tête et passa la main
dans ses cheveux en disant à son amant :

— La balle m'a à peine défrisée.

Le sang coulait sur son front. Arthur Murray
la croyait perdue. Il s'imaginait qu'elle lui parlait
ainsi pour l'empêcher de se tuer lui-même. Mais
elle se releva en lui disant :

— Tu es trop bête ! est-ce que je songe à mourir ? J'ai voulu gagner ta cause et la mienne auprès de ton père. Je vais monter dans ma chambre
et me coucher ; quand il reviendra, tu lui diras

que je suis dans un état désespéré, mais que cependant Dieu pourrait faire un miracle.

M. Murray revint en effet. Au bout de huit jours son fils le conduisit au lit d'Esther qui était toute coiffée de compresses ensanglantées.

— Puisque vous avez voulu mourir, lui dit M. Murray, je vous pardonne, mais ce mariage sera cassé, n'est-ce pas ? Vous accomplirez le sacrifice jusqu'au bout; d'ailleurs je ferai trois parts de ma fortune : une pour moi, une pour mon fils et une pour vous.

— Vous ne ferez que deux parts, répondit Esther, une pour vous et une pour votre fils : la part de votre fils sera la mienne, puisque nous ne nous quitterons jamais.

M. Murray se laissa toucher par cette manière de dire, mais jusqu'à présent il n'a pas partagé sa fortune, il se contente de donner la moitié de ses revenus à son fils. Ce n'est pas l'affaire de la courtisane qui regrette aujourd'hui de ne pas avoir accepté la troisième part.

Elle n'avait pas pris conseil de sa mère, mais elle affirme que cette troisième part ne lui échappera pas si elle continue à bien jouer son jeu et si elle va plus souvent en consultation chez Mme Suzanne.

Il faut la voir, cette avocatte, dans le petit cabinet sombre où elle étudie les codes annotés et les arrêts de cour de cassation. Elle est effrayante, toute de noir habillée, avec sa figure osseuse et parcheminée.

Quand, après une consultation, elle embrasse sa fille Héloïse, on dirait la mort baisant une rose.

Naturellement elle a le meilleur avoué et le meilleur huissier de Paris, des gens que rien ne désarçonne, des embrouilleurs de cartes quand c'est la carte à payer. Elle ne marchande pas les grands avocats ; c'est pour l'affiche, car ils ne plaident jamais. Des affaires comme celles de Mme Suzanne et de ses filles s'arrangent toujours dans la coulisse.

LIVRE III

LES PEINES DE CŒUR D'UNE FEMME SANS CŒUR

I

QUAND C'EST L'AMOUR DÉSESPÉRÉ

Si vous avez étudié de près et même de loin le caractère de cette fille des tempêtes — c'était le nom que donnait à la princesse M. d'Armeville, — vous avez pu croire qu'elle oublierait Joinville comme elle avait oublié d'Harfox, courant après de folles aventures comme la nuée court après la nuée, se consolant de tous les orages dans l'éblouissement de l'arc-en-ciel.

Il n'en fut rien.

Joinville lui tenait au cœur comme la vie. Cet amour s'était greffé sur elle pour lui donner un tout autre épanouissement. Elle ne retrouvait plus ses floraisons sauvages sous les gerbes de roses que la poésie de Joinville avait répandues sur elle. Si bien qu'en le perdant, elle se sentit comme dépouillée de tous les aromes qui l'enivraient. Aussi, quoique la fierté reparlât en elle, elle tendait les bras en désespérée vers Joinville. Elle avait beau se dire que c'était un méchant peintre qu'elle avait mis à la mode en descendant jusqu'à lui : les yeux de Joinville étaient toujours là, qui lui jetaient le magnétisme pénétrant des charmeurs de femmes. Quoi qu'elle fît, elle était obsédée de Joinville.

Elle fut bien surprise, en courant après lui plus ou moins ouvertement, de ne pas le retrouver.

Où était-il donc ? Il avait à peine reparu à son atelier.

Dans sa folie amoureuse, elle alla jusqu'à Provins ; elle ne craignit pas de frapper à la porte de la mère de Joinville.

Elle reconnut bien vite la bonne femme.

— Ah ! que je suis heureuse de vous voir, madame ! Avez-vous des nouvelles de votre fils ?

— Non, madame ; comme vous êtes bonne, une belle dame comme vous, de venir voir une pauvre vieille comme moi. Ah ! je m'ennuie bien de ne pas voir plus souvent Joinville. C'est un terrible enfant. Mais, voyez-vous, les enfants ce sont des oiseaux; nous autres, les père et mère, nous gardons le nid pour qu'ils y reviennent, nous y remettons des plumes tous les jours. Mais ils n'y reviennent jamais ! Que voulez-vous ? c'est Dieu qui a fait les choses comme cela.

La vieille Mme Joinville se mit à pleurer.

— Ne vous désolez pas, madame, reprit la princesse, il viendra vous voir, je le sais bien ; je croyais le retrouver avec vous. Est-ce qu'il ne vous a pas écrit ?

La mère de Joinville prit dans son sein la dernière lettre de son fils.

— Tenez, voilà tout. Il est venu me voir à Pâques. Mais il n'a passé que ce jour-là avec moi. Il était tout à la fois joyeux et triste, il se retrouvait gai comme un écolier, mais il y avait quelque chose là.

La bonne femme se mit la main sur le front.

— Ces enfants, reprit-elle, on ne voit pas ce qu'ils ont ; j'ai eu beau l'interroger, il me répondait : Maman, je t'aime bien. Ah ! il a bien pleuré et j'ai bien pleuré quand il est parti. C'était comme un dernier adieu.

La princesse pâlit et se demanda si Joinville ne s'était pas, cette fois, jeté à l'eau pour y mourir.

Elle embrassa sa mère en retenant ses larmes.

— Adieu, madame; quand votre fils reviendra, vous lui direz qu'une princesse qui l'aime beaucoup est venue pour vous embrasser.

La bonne femme voulut retenir Mathilde.

— Une princesse ? Contez-moi donc ça.

Elle avait toujours à la main la lettre de son fils. Mathilde n'avait pas osé la lui prendre pour la lire.

— Ne vous parle-t-il pas de moi, dans sa lettre ?

— J'ai bien compris qu'il y avait là quelque chose que je ne comprenais pas.

— Voyons ce qu'il vous dit :

« Ma mère bien-aimée, je devrais être dans tes
« bras. Tu pleures de ne pas me voir. Moi, je
« pleure parce que je ne la reverrai plus. Vois-tu,
« nul n'est maître de sa destinée. Je fuis ce que
« j'aime pour être jeté vers ce que je n'aime pas.
« Mais heureusement tu m'as donné des forces de
« lion pour me déchaîner. La vie est une prison :
« dès qu'on est sorti d'une cellule on rentre dans
« une autre. Quand j'étais petit, tu m'expliquais
« la peine du talion; tu as bien fait, parce que

« c'est la justice. Tu me contais des contes où il
« n'y avait que des princesses. Ah ! celles-là,
« c'étaient les bonnes, car les fées les avaient
« douées ; mais dans le monde, les princesses sont
« de mauvais génies. Je me console en regardant
« ton portrait.

« Te rappelles-tu ? je te donnais de beaux bou-
« quets de violettes quand tu posais dans mon
« atelier ? Eh bien, quand j'embrasse ton por-
« trait, tu ne t'imagines pas comme je respire les
« violettes !

« Tout cela est triste, heureusement qu'il y a un
« autre monde. Je t'embrasse devant ton portrait
« qui me sourit.

« Ton enfant gâté,

« JOINVILLE. »

« P.-S. — C'est singulier, tu ne me croiras
« pas, figure-toi que dans ton portrait, tout en
« me souriant, tu viens de verser deux larmes.
« *Alleluia !* »

La princesse relut le billet.

— Oh ! ce n'est pas la lettre d'un préfet ni d'un
notaire, dit la mère de Joinville à la princesse, le
cher enfant a toujours eu plus de cœur que de

tête. Il débitait des folies comme les comédiens à la foire. Ces peintres ! ce sont toujours de grands enfants, voyez-vous. Ils vous parlent en battant des ailes comme les corneilles qui abattent des noix. Mais à cela près, meilleurs que le bon pain.

Mathilde n'écoutait pas, elle était tout au dernier mot de la lettre. Elle regagna en toute hâte l'hôtel où elle était descendue. Ce fut à peine si elle donna quelques coups de dent au dîner qu'on lui servit.

— Pauvre Joinville, se dit-elle, il me rend bien malheureuse, mais il est bien malheureux lui-même.

Elle ne désespérait pas encore de le ramener à elle.

Elle savait que Madeleine voulait aller au couvent ; cette pensée allégeait son cœur. Mais le couvent était-il plus près de Madeleine que Joinville lui-même ?

Quand la princesse fut à la gare, elle retrouva la mère de son amant qui lui offrit un magnifique bouquet de roses de son jardin.

— Ce sont celles qu'il aime, princesse. Si vous le voyez avant moi, dites-lui que je les ai cueillies pour vous en pensant à lui.

La bonne femme voyait en la princesse une protectrice et non une maîtresse de son fils.

Mathilde pressa les roses sur son cœur avec une volupté indicible.

Cependant le coup de sifflet avait retenti. Mathilde était toute à ses roses sans remarquer ni voisins, ni voisines.

Quel ne fut pas son étonnement quand elle reconnut en face d'elle cette coureuse d'aventures qu'elle avait chassée du château de la Roche-Noire comme une ancienne maîtresse du duc d'Harfox! Aussi le prit-elle de haut pour la regarder.

La comtesse anonyme avait son perpétuel sourire. Reconnaissant Mathilde, elle voulut le prendre du même air; mais la princesse l'entendit qui se disait : « C'est moi, c'est moi. » Pourquoi ces mots ?

C'est que la comtesse anonyme se reconnaissait dans sa fille. Mathilde lui trouva une expression si douce qu'elle ne comprenait plus comment elle ne lui gardait pas rancune d'avoir été si rudement outragée.

— Mon Dieu, madame, dit la comtesse en s'inclinant, puisque je ne suis pas chez moi et que je ne suis pas chez vous, permettez-moi de vous ex-

pliquer pourquoi j'étais allée au château de la
Roche-Noire. Ce n'était certes pas pour retrouver
un amant, c'était pour retrouver une fille.

Mathilde, qui ne voulait pas écouter, se décida
à pencher sa tête vers celle qui lui parlait :

— Oui, madame, j'ai eu une fille, et je l'ai
perdue, et je ne l'ai pas retrouvée. Pardonnez-moi,
si je m'étais figuré que c'était vous. J'avais vu de
vous, chez Mme Templier, une lettre qui était mon
écriture toute vive. Comme c'était là que j'avais
perdu ma fille, j'ai couru après vous jusqu'au
château de la Roche-Noire. En vous voyant, j'ai
cru reconnaître aussi mon portrait quand j'avais
vingt ans. Je sais bien que c'étaient des illusions,
mais il faut pardonner à une mère.

La princesse était si malheureuse qu'elle était
disposée à tous les pardons, surtout à pardonner
le mal qu'elle avait fait.

— Oh ! madame, je vous pardonne de tout mon
cœur, c'est à vous à me pardonner.

La mère et la fille se donnèrent la main.

Mathilde regardait attentivement la comtesse.

— C'est vrai, pensa-t-elle, qu'il y a là je ne
sais quel air de famille, et, après tout, puisque je
n'ai jamais connu ma mère, pourquoi ne serait-
ce pas celle-là ?

Mais l'amour filial ne la tourmentait pas beaucoup. D'ailleurs son orgueil l'empêchait d'avouer
qu'elle était fille naturelle. Aussi se contenta-t-elle
de dire à la comtesse qu'elle regrettait de ne pouvoir être sa fille.

On causa beaucoup en voyage. A chaque station nouvelle, Mathilde se sentait entraînée vers
la comtesse, moins comme une fille que comme
une amie qui, en toutes choses, avait les mêmes
sentiments.

Aussi, quand elles furent arrivées à la gare et
que la comtesse lui demanda la permission de
l'embrasser, Mathilde se jeta dans ses bras avec
beaucoup d'abandon.

— Si c'est ma mère, dit-elle, elle ne mourra pas
sans avoir eu les embrassements de sa fille !

II

LA VERTU

MATHILDE, qui allait toujours par quatre chemins dans la vie, parce qu'elle suivait et
fuyait tour à tour ses passions et ses caprices,
alla un jour chez le duc de Marigny pour forcer
le pardon, selon son expression. Mais on ne force
pas plus le pardon qu'on ne force Dieu. On ne va
à l'amour que par la douceur.

La princesse eut beau faire, elle ne parvint pas
à voir le duc.

Ce qui la révolta encore dans sa colère, ce fut
d'apprendre que Madeleine était alors avec M. de
Marigny.

5.

— Madeleine ! cette vertu ! dit-elle du haut de son dédain de princesse.

Oui, « cette vertu, » et voilà la force de la vertu, c'est qu'on a beau dire et beau faire contre elle, elle marche toute blanche sur la terre dans une divine auréole. Les colères, les injures, les calomnies n'y peuvent rien. Elle garde toujours son prestige.

Les femmes de mauvaise vie, elles-mêmes, sont les premières à s'incliner devant elle.

C'était la force de Madeleine dans sa douceur. Elle était si pure, si simple et si bonne, qu'elle répandait autour d'elle je ne sais quel parfum des paradis rêvés. On se sentait meilleur en sa compagnie.

Madeleine donnait la soif du ciel comme ces sources claires qui jaillissent de la montagne donnent la soif des lèvres.

La princesse ne pouvait se résigner à être bannie de l'hôtel où elle avait régné. Elle erra pendant plus d'un quart d'heure rue Saint-Dominique, cherchant à en faire le siége après avoir vu se fermer les portes.

Tout d'un coup, Madeleine passa devant elle.

Pour la première fois cette altière Mathilde fut vaincue par une femme ; elle se détourna invo-

lontairement et s'inclina plus involontairement
encore.

— C'est donc quelque chose, la vertu? se demanda-t-elle en s'indignant presque d'avoir eu
un bon mouvement.

Oui, c'est quelque chose, la vertu.

III

OU LA PRINCESSE CONVOLE EN SECONDES
NOCES

RIEN ne console d'un amant perdu comme un amant de trouvé. Je ne 'parle pas ici des femmes qui, comme Madeleine, s'enveloppent chastement dans la robe virginale d'un seul amour pour y mourir en Dieu ; je parle des femmes pareilles à la princesse, qui se jettent éperdument d'une passion dans une autre, et qui finissent par croire que c'est toujours la même.

Mathilde avait tout fait pour ressaisir Joinville, non pas pour le mariage, mais pour l'amour. De guerre lasse, elle s'était résignée à tourner ses yeux ailleurs. On ne devinera jamais quel amoureux la consola de Joinville.

Vers ce temps-là on annonça à Paris, pour mission diplomatique, le marquis de Santa-Rosa.

Comment avait-on pu choisir le jettatore, ce joueur effréné, même pour une mission mysté-. rieuse?

C'est que la diplomatie a ses mystères. C'est que les événements politiques mettent à la surface des figures inattendues. Les ambitieux ont toujours leur moment. D'ailleurs, Santa-Rosa, bien connu à Naples, à Venise et à Monaco, était mal connu à Rome, où ses amis subissaient l'influence de son titre et de son esprit. Car s'il avait le tort d'être un bourreau d'argent, un joueur affolé, un don Juan d'occasion, il n'en était pas moins un politique élevé à l'école de Machiavel, c'est-à-dire élevé dans l'art de tromper les hommes. Il disait gaiement :

« J'ai trop trompé les femmes pour ne pas savoir mettre les hommes dedans. »

Comment revit-il la princesse? En galant homme et en homme d'esprit; il ne se présenta chez elle qu'après lui avoir envoyé sa carte, accompagnée d'un collier de perles à cinq rangs, qui valait presque les deux fameux solitaires, sans compter qu'il promettait, par un mot vague, de retrouver les diamants de Mathilde.

Grand étonnement de la princesse, qui se demanda si le jettatore devenait fou comme Joinville.

Le mot de l'énigme, c'est que Santa-Rosa avait beaucoup gagné au jeu, au dernier hiver. Il ne payait certes pas toutes ses dettes; mais payer ses dettes chez une femme comme Mathilde, c'était plutôt placer de l'argent. En effet, le jettatore se représenta devant elle en sachant bien l'histoire de son mariage manqué. Il se hâta de lui dire que tous ceux qui l'aimaient se réjouissaient de savoir qu'elle ne s'appellerait pas Mme Joinville.

— Comment, princesse, ce peintre vous avait ensorcelée jusqu'à vous faire tomber dans une pareille folie?

— Grâce à Dieu, j'en suis revenue.

— A la bonne heure.

Et Santa-Rosa reprenant toute sa désinvolture, lui dit sans cérémonie qu'une femme comme elle ne pouvait épouser qu'un homme comme lui.

Mathilde répondit en raillant. Elle jura de ne jamais se laisser reprendre par un mari.

Mais Santa-Rosa n'était pas joueur à quitter la partie, il mit tout en œuvre.

Déjà les journaux parlaient de lui comme d'un personnage; il se mit en scène un peu plus, pour arriver au tapage. Il dit à Mathilde qu'il ne tenait qu'à lui de passer de la mission extraordinaire à une ambassade en titre : non-seulement il était l'ami du roi, mais l'ami du premier ministre. Il n'oublia pas de parler de ses vignes et de son lacryma-christi.

Ce furent d'ailleurs les seules larmes qu'il répandit, car il n'espérait pas prendre Mathilde par le sentiment. Il se contenta de surexciter en elle l'orgueil et la passion.

Mathilde avait traité à Venise le jettatore de chevalier d'industrie, mais elle réforma son jugement, non-seulement parce qu'il lui avait donné un collier de perles, mais parce qu'il arrivait à Paris avec un titre politique. Elle se rappela que le jettatore lui avait dit qu'il portait bonheur aux femmes ; elle lui permit donc de la revoir.

Comme tous les hommes politiques qui arrivent à un simulacre de pouvoir, Santa-Rosa voulait profiter de sa situation pour faire un beau mariage.

Beaucoup de gentilshommes français n'eussent pas épousé la princesse del Renozzi, mais Santa-Rosa n'y regardait pas de si près : il ne voyait en Mathilde qu'une jolie femme trois ou quatre fois millionnaire, douée de hauts caprices, ayant

beaucoup de chic en voyage : on sait que Santa-
Rosa n'était pas un homme d'intérieur ; il était
toujours par quatre chemins. Si sa veine diplomatique durait un peu, il serait ministre pléni-
potentiaire ici, là-bas ou plus loin. Il pouvait alors
produire Mathilde en toute quiétude.

On comprend donc très-bien pourquoi le jettatore recherchait la main — j'ai failli dire la dot —
de Mathilde.

Et comme il tombait à propos, Mathilde, après
avoir beaucoup ri de sa proposition, vint à y penser sérieusement.

Après tout, il avait plus d'un atout dans ses
cartes. Et puis, qui se ressemble s'assemble ; il n'y
avait pas loin du caractère du jettatore à celui de
Mathilde. C'est-à-dire qu'il n'y avait de caractère
ni d'un côté ni de l'autre : des bouffées d'orgueil,
le même dédain de l'opinion, de pareils entraîne-
ments et de pareils caprices. A don Juan, dona
Juana et demie.

Mathilde était fort délaissée quand Santa-Rosa
lui fut si tendre ; à peine si, de ses anciens amis,
M. de Myra seul avait bien voulu la voir.

Mais que faire de M. de Myra, un désillusionné
revenu de tout — et qui n'y veut pas retourner,
— parce qu'il n'en a pas les moyens?

La princesse souffrait alors de ce qu'elle appelait les impertinences de Joinville. Elle souffrait aussi de sa solitude. Quoiqu'elle prît toutes les libertés d'une femme qui ne doute de rien et qui ne redoute rien, elle obéissait pourtant à une fierté de race, qui l'empêchait de trop rechercher de nouveaux amis. On comprend donc son accueil cordial à Santa-Rosa. Il la conduisit au théâtre, il dîna avec elle, il la présenta à quelques grandes dames italiennes, qui passaient à Paris une demi-saison. Au bout de quinze jours, elle ne pouvait plus se passer de lui.

Il reparla de mariage. Cette fois, elle ne rit plus. Elle demanda une entrevue avec M. d'Armeville, qui, ne connaissant Santa-Rosa que du dehors, lui dit qu'un tel mariage n'était pas plus mauvais que le premier et qu'il ne prévoyait pas que le duc de Marigny le vît d'un mauvais œil.

Pour M. d'Armeville, comme pour M. de Marigny, marier Mathilde pour l'Italie ou pour toute autre destination où la diplomatie entraînerait cette fantasque créature, c'était autant de gagné, puisqu'elle ne jetterait plus le scandale à Paris.

En effet, M. d'Armeville vit M. de Marigny à ce propos. Le duc dit qu'il ne voulait pas revoir Mathilde, mais qu'il donnait son approbation

pour le mariage. Il n'avait d'ailleurs pas plus à lui
donner son approbation que pour son mariage
avec Joinville. Elle avait vingt et un ans, elle
pouvait procéder par sommations irrespectueuses.
M. d'Armeville adoucit dans sa réponse les sentiments ou plutôt les ressentiments du duc. La princesse s'y trompa; elle espéra une réconciliation.
Elle voyait déjà, grâce à son nouveau mari, se
rouvrir devant elle cet hôtel de Marigny où elle
avait si hautement logé sa fierté.

Le jettatore l'enjôla si bien, qu'elle se décida à
l'épouser. *Marquise de Santa-Rosa,* ce nom la
charmait. Cette fois, la cérémonie ne fut pas indiquée sur les lettres de faire part en l'église Saint-
Thomas d'Aquin, mais en l'église de la Madeleine. Mathilde avait pris un appartement rue
Royale. Ce fut là qu'on disposa tout pour la fête
nuptiale.

La princesse, qui allait devenir marquise, ne
craignit pas de fâcher M. de Marigny, plus qu'il
ne l'était, en imprimant tout vif son nom sur les
lettres de faire part.

Santa-Rosa occupa toute une page par ses titres.

L'église fut pleine, mais pleine surtout de curieux. Il y eut pourtant des représentants du
monde officiel et de la colonie italienne. Mais la

cérémonie n'eut pas toute la majesté des mariages
sérieux. Il semblait que Dieu ne fût pas là. On
ne mariait qu'un caprice à un caprice.

Or, qu'advint-il de ce mariage ? Le duc de Marigny, furieux qu'on l'eût mis en scène, rejeta
Mathilde à tout jamais. Le lendemain des noces,
— on a dit même le jour des noces, — Santa-
Rosa perdit deux cent cinquante mille francs,
dans un club, où il n'avait été accueilli que comme
oiseau de passage.

Mlle de Jenesaisquoi, qui se faisait toujours les
griffes contre sa terrible rivale, continuait à em-
brouiller la succession du prince de Renozzi dont
elle avait confié les papiers à l'avoué le plus retors
de Paris. Les cinq millions que M. de Marigny
avait donnés en dot à Mathilde ne firent plus long
feu. Le premier mari avait fait le désordre et le
dégât dans cette fortune. Le second n'y trouva
plus que des miettes pour les jeter sur tous les
tapis verts de l'Europe.

Après sa mission à Paris, Santa-Rosa n'obtint
plus rien de son ami le roi ni de son ami le premier ministre. On avait pu croire en lui un instant, mais il avait prouvé à Paris, une fois de
plus, qu'il était le joueur le plus incorrigible.

Il emmena sa femme à Monaco, je veux dire à

Nice, la capitale de tous ceux qui ne doivent plus arriver à rien si ce n'est à Monaco. On partit avec peu d'argent, parce que les créanciers de Renozzi, — Mlle de Jenesaisquoi avait acheté presque toutes les créances, — frappaient d'opposition tous les biens de la princesse.

Elle empruntait malgré ces oppositions, mais elle empruntait à de rudes intérêts; c'était désormais une fortune hypothéquée et paralysée. Encore un an du régime Santa-Rosa, elle devait rendre l'âme.

La princesse était de ces femmes qui ne peuvent s'imaginer qu'on mange des millions à acheter des robes et des chevaux, à courir le monde, à être pillée par ses gens, à jouer à tous les jeux du hasard. On marche en aveugle sans jamais faire son compte. Mais il faut bien un jour se soumettre à l'éloquence des chiffres. Il est trop tard ; la fortune est aux trois quarts mangée. Le dernier, quart appartient fatalement aux hommes de loi.

Quel est le beau jeune homme qui n'a mangé son blé en herbe et qui ne reconnaîtra cette vérité ? Sur cent mille francs, par exemple, — je prends un chiffre à la portée de tout le monde, — le premier quart sera pour les emprunteurs, le second quart pour la maîtresse du beau jeune homme, le troisième quart pour les heures de temps perdu, le quatrième quart pour les gens de loi. Moralité : Il faut garder un peu ses pièces de cent sous.

IV

LA FIN DU JEU DE L'AMOUR ET D'U HASARD

Un an s'était passé. On vit un jour revenir la marquise de Santa-Rosa, toute seule, dans son appartement de la rue Royale, où tout était sous les scellés. Il y avait eu saisies sur saisies, contre-saisies, oppositions, appels, référés, réappels. La vente mobilière était indiquée pour le lendemain.

Mathilde était ravagée par les larmes. Il n'y avait plus de la magicienne dans sa figure; la douleur y imprimait son sceau; on y pouvait voir aussi la rage du vaincu. Il semblait que cette femme, si jeune encore, qui avait eu le temps de traverser tant de misères dorées et tant de périls incroyables, s'en revenait toute défaillante des

batailles de la vie. Mais elle relevait encore le
front. Ce n'était plus la fierté : c'est qu'elle revenait à Paris avec l'idée d'y bien mourir si, comme
elle le craignait, sa fortune n'était plus qu'un vain
mot, car elle ne voulait pas s'humilier dans la
pauvreté.

Elle était partie seule de Saxon, où elle avait
joué elle-même ses dernières ressources, entraînée par les horribles habitudes de Santa-Rosa.
N'a-t-on pas vu des femmes du monde boire de
l'eau-de-vie jusqu'à l'ivresse, parce que leur mari
buvait de l'eau-de-vie pour tuer le temps ?

Quand la princesse eut respiré, rue Royale, l'o-
deur de la ruine, elle envoya chercher son avoué
par sa femme de chambre, qui était toujours
Mlle Maria.

Mlle Maria, pendant que sa maîtresse se rui-
nait, faisait sa pelote, suivant l'expression des
gens de service. Elle avait abandonné toute prétention d'être « dame pour accompagner, » elle
avait repris son simple titre de première femme
de chambre. Contente de pêcher en eau trouble,
elle était bien placée sur les rives de ce fleuve
épuisé qui charriait encore de l'or. Elle se disait
déjà : « Si on vend les meubles de la princesse,
je ferai acheter les plus jolis par une de mes

sœurs; si la princesse le sait, je lui dirai que
c'est par amitié et par souvenir. »

L'avoué ne se fit pas attendre. Ces messieurs du
Palais ne sont pas des donneurs d'eau bénite de
cour, ils vous tuent vos illusions sans leur permettre le chant du cygne. L'avoué de la princesse
lui dit poliment, mais avec la brusquerie de ceux
qui n'ont pas de temps à perdre, qu'il n'y avait
plus rien à faire pour sauver une fortune mise à
feu et à sang par deux hommes comme Renozzi
et Santa-Rosa.

— Je ne veux pourtant pas, dit Mathilde, que
ces meubles soient vendus demain.

— Il y a maintenant force de loi.

— Introduisez un nouveau référé, sous n'importe quel prétexte, et faites que j'aie quelques
jours devant moi.

L'avoué promit de jeter encore des bâtons dans
les roues du vieux carrosse de la loi.

— Vous voyez, dit la princesse à Maria, quand
elle fut seule avec elle, que je ne resterai pas longtemps ici.

— Et où irons-nous? dit la coquine, qui était
bien décidée à ne plus aller avec la princesse.

— J'irai où il plaira à Dieu. Dites-moi, Maria,
quel a été le plus infâme de mes deux maris? Le

premier a commencé ma ruine avec Mlle de Jenesaisquoi ; le second m'a pillée avec trois ou quatre gourgandines célèbres, à Monaco et à Saxon. Elles piquaient leurs cartes, mais je sentais les coups d'épingles dans mon cœur. Oh ! si je les tenais là, lui et elles...

— Tout n'est pas perdu, madame ; quand on est belle comme vous, on garde sa place dans le monde.

Mathilde s'approcha de la cheminée.

— Belle, dit-elle, vous vous moquez. Voyez donc comme les veilles, la rage de perdre, la jalousie furieuse ont défait ma beauté. Je ne suis plus que l'ombre de moi-même.

— Oh ! dit Maria, ce n'est pas tout cela qui vous a pâlie, c'est votre amour insensé pour M. Joinville.

— Eh bien, oui, je l'ai aimé, c'est le seul, car d'Harfox n'était qu'un caprice. Hélas ! m'a-t-il assez outragée !

— Ah ! c'est que vous aviez pris un mauvais chemin pour arriver à son cœur.

— Savez-vous ce qu'il est devenu ?

— Je vous vois venir, princesse, un peu plus, vous me diriez d'aller vous le chercher.

— Je vous avoue que s'il était là, j'oublierais

IV.

tout, et je dirais à Dieu : « Vous m'avez repris toute ma fortune, mais je vous bénis, parce que vous ne m'avez pas repris Joinville. » Voyez-vous, Maria, il n'y a qu'une seule richesse.

Mathilde se frappa le cœur. Maria réprima un éclat de rire.

— Oh! princesse ! vous mourrez dans une phrase de roman.

— Oh! mon Dieu!

Mathilde n'écoutait pas Maria.

Elle avait pâli et rougi, devant la glace.

— Que voyez-vous là? dit-elle à sa femme de chambre.

Maria y regarda à deux fois.

— Oh! mon Dieu ! dit-elle avec émotion, votre figure est toute en feu, on dirait que vous avez la rougeole.

Depuis quelques jours, la princesse avait la fièvre, mais elle dédaignait d'y faire attention.

— Dites-moi, Maria, j'étais assise au trente et quarante, à Saxon, à côté d'une femme qui venait d'avoir la petite vérole : si jamais j'avais attrapé la petite vérole !

— Vous me faites peur, madame.

Maria ne parlait pas pour la princesse, mais pour elle-même.

— Mais je suis horrible à voir.

Mathilde arracha sa robe pour regarder ses épaules.

— Mon Dieu ! mon Dieu ! je suis partout couverte de rougeurs. Maria, courez bien vite chez un médecin.

La princesse se mit au lit.

Quand vint le médecin, il constata que c'était, en effet, la petite vérole.

Maria disparut comme une ombre, en disant qu'elle se trouvait mal, mais elle ne reparut pas. La princesse, qui n'était pas bonne catholique, fut bien heureuse de voir arriver deux sœurs de charité, qui pouvaient s'appeler la Bonté et la Douceur.

Ce n'était pas là une malade comme une autre, car elle avait la fièvre de l'impatience, comme la fièvre de la maladie.

Ce fut pour elle une torture que la petite vérole ; on eut beau veiller sur elle pour qu'elle ne se défigurât pas ; elle fut sauvée, mais elle poussa un cri d'horreur quand elle revit sa figure : il n'y avait plus ni sourcils, ni cils. La grêle avait frappé partout ; le nez qui avait une finesse impertinente n'était plus un nez acceptable, même dans les faubourgs. Elle qui avait de si jolies fossettes sur les

joues, elle ne les retrouvait plus — ou plutôt elle
en retrouvait trop !

Jamais on n'avait vu un pareil massacre de ce
qui est joli, de ce qui est jeune, de ce qui est
charmant.

Avant cet irréparable malheur, Mathilde avait
déjà songé à la mort, — la mort qui est l'amie des
vaincus de la vie. — Cette fois sa résolution d'en
finir fut bientôt irrévocable.

V

LES COUPS DE CRAVACHE

UNE autre femme fût morte en Dieu, pardonnant et cherchant le pardon. Mais Mathilde n'était pas de celles qui s'en vont silencieusement avec les consolations de l'Église et l'espoir en Dieu. Elle voulait faire des siennes jusqu'au bout.

On lui avait dit que pendant les premiers jours de sa maladie, Santa-Rosa était venu pour la voir.

Mais on ne l'avait pas plus revu que Mlle Maria. Elle apprit bientôt que le marquis se consolait des douleurs de sa femme avec les soupeuses à la mode. Il avait d'ailleurs amené par provision

6.

deux piqueuses de cartes de Monaco. Mathilde ne doutait pas qu'elle ne pût rencontrer son mari, le soir, à la Maison-d'Or et au café Anglais.

Le jour même, furieuse de se voir seule dans les tortures d'une femme qui a perdu sa beauté après avoir perdu sa fortune, tout cela grâce à Santa-Rosa qui l'avait initiée au jeu comme pour hâter sa ruine, elle se couvrit d'un double voile, elle cacha une cravache dans les plis de sa robe et s'en alla demander aux deux cafés célèbres si M. de Santa-Rosa viendrait le soir.

Tout justement, il devait dîner à la Maison-d'Or.

— Oui, madame, un dîner de douze couverts.

La cravache de Mathilde s'agitait déjà dans les plis de sa robe.

— C'est bien, se dit-elle, il y aura un treizième convive !

Elle ne doutait pas que, pour ces douze couverts, il n'y eût des femmes.

A huit heures, elle revint plus voilée encore. La pauvre femme n'avait pas eu à faire sa figure. Elle ne voulait plus, elle ne pouvait plus se faire illusion.

Elle entra, comme la foudre, dans le petit salon

où dînait Santa-Rosa. On était à peine à table, mais on ne se recueillait pas comme dans les dîners officiels.

Les femmes riaient déjà — à gorges déployées.

La princesse fit le tour de la table et frappa chaque femme à tort et à travers sur la figure et sur le sein. Elle eut le temps d'arriver à Santa-Rosa avant qu'aucun des convives se jetât sur son passage. On criait, on secourait les femmes meurtries, on se regardait avec stupeur.

Elle avait glacé tout le monde dans l'immobilité, tant elle paraissait terrible dans sa vengeance. D'ailleurs on avait reconnu la princesse.

Santa-Rosa lui-même eut un coup de cravache dans la figure. Il saisit sa femme et faillit lui tordre le cou avec sa mantille.

Il l'emporta d'un bond jusqu'au seuil de la porte — un peu plus il la jetait dans l'escalier. Mais elle lui dit ces simples mots, en relevant ses voiles : — Tu m'as tuée! regarde.

Il comprit cette révolte, il fut touché, lui qui avait un cœur de chat, de cette douleur incomparable.

Au lieu de jeter sa femme dans l'escalier, il la prit dans ses bras, presque évanouie, et la porta dans le coupé d'un des convives.

La voyant à moitié morte, il l'accompagna rue Royale, où il la reprit dans ses bras pour la monter chez elle.

Elle n'avait plus ni force ni volonté : elle s'abandonna, comme en descendant l'escalier de la Maison-d'Or. Elle n'avait même plus de paroles, tant la colère et l'émotion l'avaient réduite.

— Ma pauvre femme! dit Santa-Rosa en lui serrant la main, je viendrai vous revoir.

Mais il n'était pas homme à rester là ; il ne voulait pas d'ailleurs disparaître du dîner après un tel massacre.

La fin de ce fameux dîner, dont on a beaucoup parlé le lendemain, fut loin d'être gaie comme le commencement : deux des femmes s'étaient enfuies chez elles tout ensanglantées ; une des maîtresses de Santa-Rosa était presque défigurée.

Ce ne fut pas pour sa femme qu'il envoya chercher le médecin.

VI

LE PREMIER ACTE DE LA TRAGÉDIE

SANTA-ROSA avait dit à la princesse : « Je viendrai vous revoir. » Et elle l'attendait. Il pouvait s'imaginer qu'il l'avait quelque peu désarmée en l'emportant chez elle ; mais elle n'était pas de celles qui se laissent désarmer pour si peu.

Elle gardait toutes vivantes ses colères, montrant les dents contre lui comme une louve furieuse.

L'heure de la vengeance était venue.

Il fallait que Santa-Rosa payât pour tout le monde, car les coups de cravache n'avaient pas apaisé cette femme terrible.

Il fallait que Santa-Rosa payât pour toutes les

souffrances d'un amour brisé — son amour pour
Joinville.

Il fallait qu'il payât pour cette fortune anéantie
qui ne laissait que des regrets dans la misère dorée.

Il fallait qu'il payât pour toutes les jalousies et
toutes les humiliations.

Il fallait qu'il payât pour cette beauté disparue
sous le masque le plus horrible.

Elle-même allait payer sa dette : elle prépara
tout pour sa mort.

Pourquoi vivrait-elle sous une pareille figure au
milieu de tant'de ruines amoncelées ? Elle ne
pouvait plus refaire ni la fortune du cœur ni la
fortune de l'argent.

Elle pensa toute une heure à se donner à Dieu,
mais Dieu ne voudrait pas d'elle dans sa laideur
de corps et d'âme. « Et d'ailleurs, pensait-elle, je
crois si peu à Dieu que je n'y crois pas du tout. »

Elle résolut de s'empoisonner. La nuit du tombeau faisait pourtant peur à cette femme qui aimait le bruit et la lumière.

— Mais tant pis, disait-elle, j'ai joué mon rôle,
ou plutôt j'ai joué mon jeu et j'ai perdu.

Elle savait que rien n'est difficile à une femme
comme de s'empoisonner. Mais il lui fallait le
poison pour sa vengeance ; et puis elle avait déjà

pris ses précautions : depuis sa ruine elle voyageait avec un petit flacon de morphine, comme pour s'habituer à la mort. C'était un en-cas : elle ne devait boire ce flacon qu'après avoir tout renié ici-bas. Elle attendrait jusqu'au dernier jour avant de désespérer de sa destinée. Peut-être qu'un autre amour lui rouvrirait un autre horizon ! Voilà ce qu'elle se disait en revenant à Paris après ses dernières pertes à Saxon. Mais dès que la petite vérole l'eut envahie, la volonté de mourir s'accusa de plus en plus dans sa pensée. Ce fut bientôt une idée fixe.

Elle médita alors un grand coup. Une couturière sentimentale s'empoisonne toute seule, croyant que son infidèle ira pleurer sur sa tombe. Mathilde ne croyait pas à ces sensibleries ; que lui importaient les regrets, à elle qui ne croyait pas au lendemain ? Elle jura que le jettatore ne filerait pas après elle des jours d'or et de soie. Elle voulait jeter une goutte amère dans son vin de Champagne frappé, ou une larme empoisonnée dans son lacryma-christi.

Voici l'histoire de sa vengeance dans sa mort :

Elle commença par rappeler Mlle Maria. Elle lui écrivit ces quatre lignes :

« Je vous pardonne d'avoir eu peur de la petite

« vérole. Maintenant que c'est fini, revenez, car
« il me semble que j'ai bien des choses à vous
« dire. Tout n'est pas perdu. »

La princesse savait que ce dernier mot devait
décider sa femme de chambre à revenir. En effet,
Maria ne se fit pas prier deux fois. Elle reparut
sans vergogne. Ce n'est pas la peine de dire ici
son épouvante devant la défiguration de Mathilde.
Elle essaya de la consoler en lui disant qu'une
princesse est toujours belle. Mais Mathilde n'en
était plus là; elle voyait plus loin, elle avait mis
un pied dans l'éternité.

— Maria, dit-elle à cette fille, quels que soient
les torts de M. de Santa-Rosa, je veux me réconcilier avec lui. Il se doit à moi, comme je me dois
à lui. Voyez-vous, je ne désespère pas de trouver
dans ma ruine de quoi le rattacher; d'ailleurs le
duc de Marigny ne vivra pas bien longtemps. J'ai
appris qu'il était à ses derniers jours. Il est trop
généreux pour ne pas m'avoir pardonnée, d'autant que j'ai dépêché vers lui le curé de la Madeleine. Il y a peut-être là une fortune. Vous allez
de ce pas dire à mon mari que j'irai le voir dans
la soirée. Je sais qu'il est descendu rue Boissy-
d'Anglas, au coin de la rue du Faubourg-Saint-
Honoré. Peut-être est-il chez une de ses maî-

tresses; j'irai ce soir chez lui. Si vous êtes bonne
messagère, il ne refusera pas de me recevoir.

— Pourquoi ne l'appelez-vous pas ici ?

— Je le connais, il promettrait de venir et il
ne viendrait pas.

La princesse n'avait pas dit un mot de vrai à
Maria.

Cette fois, elle n'avait plus de confidente. Mais
Maria, de son côté, ne croyait pas que les paroles
de la princesse étaient des paroles d'Évangile ;
sous chaque mot elle cherchait la vérité.

— C'est bien étonnant, dit cette fille, qu'elle
veuille se réconcilier avec son mari. Si tout n'est
pas perdu, pourquoi le rappeler, puisqu'il jouera
encore de son reste ? Elle dit que le duc de Marigny lui pardonnera. Je n'en crois rien. Enfin,
c'est égal, réunissons ces deux ruines, il y a peut-
être encore quelque chose à faire là.

Mlle Maria parlait pour elle.

Mathilde ne s'était pas trompée ; Santa-Rosa
était plutôt chez une de ses maîtresses que chez
lui-même, puisque l'appartement n'était pas en
son nom. Mais Maria eut l'esprit de ne pas se
faire annoncer, elle alla droit au salon en disant
qu'elle était attendue. Quand le jettatore la vit, il
fronça le sourcil et lui dit :

IV.   7

— Parlez vite.

— Je vous annonce, monsieur le marquis, que la princesse viendra vous voir dans la soirée.

— Pourquoi faire?

— Je n'en sais rien, il est bien naturel qu'une femme vienne voir son mari quand le mari ne vient pas voir la femme.

— Dites-lui qu'elle ne vienne pas, j'irai chez elle.

— La princesse veut venir ici, c'est un caprice comme un autre.

M. de Santa-Rosa fronçait le sourcil de plus belle.

— Qu'elle aille au diable sans plus de cérémonie!

Mais Mlle Maria le rappela respectueusement à son devoir en lui parlant des chagrins de la princesse.

— C'est vrai, dit-il, qu'elle ne doit pas être bien contente, surtout si elle regarde sa figure.

— Il faut penser, monsieur le marquis, que ce malheur eût pu vous arriver, et je suis bien sûre que la princesse ne vous eût pas fui sous prétexte que vous étiez défiguré.

— Allons donc! lui croyez-vous le cœur d'une sœur de charité? Si un pareil accident m'était survenu, je fusse allé bien vite me refaire une tête dans l'autre monde.

— La princesse vous aime trop pour voir les choses en noir ; quoi qu'il en soit, accordez-lui toujours une entrevue.

Comme Maria voulait décider le jettatore, elle lui dit, comme sans y penser :

— La pauvre princesse a tous les chagrins, car le duc de Marigny est à toute extrémité.

La figure de Santa-Rosa s'illumina ; il semblait que le reflet de l'or fût venu sur sa figure.

— Écoutez, dit-il gentiment à Maria, je ne suis pas un Barbe-Bleue, mais entre nous, la princesse ne peut venir ici. Qu'elle aille à Passy, rue Nicolo ; j'ai loué là une petite maison pour un de mes amis qui est absent. J'attendrai la princesse ou la princesse m'attendra. Il fait aujourd'hui un vrai temps de villégiature. Le jardin est fort joli, elle y respirera l'air vif, ça lui fera du bien.

Maria était trop fine pour s'étonner de ce changement de figure. Elle retourna chez la princesse et lui dit qu'elle ne doutait pas que le marquis ne l'accueillît comme aux meilleurs jours.

— Il ne faut pas s'y fier, dit Mathilde, mais vous viendrez avec moi.

VII

UN BATTEMENT DE CŒUR

Au moment de partir, la princesse fut empêchée un instant de monter en fiacre parce qu'une pauvre femme portant un enfant dans ses bras se dressa devant la portière.

— Pour l'amour de Dieu, s'il vous plaît.

Ce fut la première fois que ce mot *Pour l'amour de Dieu* frappa Mathilde. Elle donna cent sols à la pauvresse.

C'était pour l'amour de Dieu qu'elle n'aimait pas.

— Mais enfin, pensa-t-elle, une charité aux portes du tombeau ne peut pas me nuire là-haut, — s'il y a un Dieu.

La princesse n'avait vu qu'une mendiante. En y regardant à deux fois, elle vit une mère. Elle fut frappée de la laideur de la mère et de la beauté de l'enfant.

Et cette pensée lui passa par l'esprit :

— On les aime donc encore celles qui sont laides ?

En effet, l'enfant embrassait sa mère à pleines lèvres, soit que ce fût par amour, soit qu'il comprît que la pièce de cent sols serait une source de douceurs.

Mathilde, qui avait toujours son franc-parler, dit à la pauvresse :

— Pourquoi faites-vous des enfants, vous autres, qui n'avez pas de quoi les nourrir ?

— C'est Dieu qui le veut, madame. Et puis; que me resterait-il si je n'avais pas cette petite fille-là ?

Et disant ces mots, elle embrassa l'enfant comme du pain.

Mlle Maria s'impatientait, elle qui n'aimait pas les scènes de sentiment.

— Voilà, dit la princesse en montant dans le fiacre, un tableau que Dieu aurait dû me montrer plus tôt.

Et elle essuya deux larmes.

Dieu montre tous les jours ce tableau aux femmes qui seront abandonnées de tous, mais elles ne le regardent que le jour de l'abandon.

La voiture était partie que Mathilde avait encore les yeux sur cette mère horrible à voir, consolée par son enfant de toutes les misères de la vie.

VIII

COMMENT LA PRINCESSE SE VENGEA
DE SANTA-ROSA

ERS cinq heures, la princesse et Maria se présentèrent rue Nicolo, à la maison indiquée.

Mathilde demanda si M. de Santa-Rosa était venu.

On lui répondit que sans doute il allait venir, car il était attendu.

Mathilde pensa qu'il avait déjà donné des ordres.

Mais la vérité c'est qu'il était attendu par une jeune dame qui se promenait dans le jardin.

Ce n'était pas la future habitante de la maison ; c'était une des maîtresses de Santa-Rosa, si on est la maîtresse d'un homme pour avoir plus ou moins filé, parfilé ou défilé le parfait amour en un jour de désœuvrement !

Les hommes à la mode — de Paris — ont toute une série d'amies intimes qui ne comptent pas dans leur vie amoureuse.

On est heureux de les voir, on est plus heureux quand on ne les voit plus, ce qui n'empêche qu'on n'est pas fâché de les revoir. Oh ! Caton, où es-tu ?

La princesse ne fut pas contente de voir une autre femme arrivée avant elle, mais elle ne voulait pas céder la place. Elle prit pied dans le salon sans se dévoiler, pendant que l'autre visiteuse contournait la pelouse, une ombrelle d'une main, un roman de l'autre.

La princesse la trouvant jolie ne put arrêter un soupir. Elle s'approcha de la cheminée ; mais avant de se regarder dans la glace, elle ferma les yeux comme une femme qui a peur de voir un monstre.

— Et pourtant, moi aussi, j'étais belle, dit-elle en soulevant son voile.

Elle avait beau changer de miroir, elle était toujours horrible.

— Que m'importe, dit-elle, ne suis-je pas toujours assez bien pour le tombeau ?

Elle s'était pourtant coiffée d'un joli chapeau paillasson, tout constellé de bluets, ces étoiles d'azur, et de coquelicots, ces étoiles de pourpre.

La princesse dans sa robe bleu marin, forme fourreau, à longue traîne, rehaussée de dentelles écrues, était encore une charmante princesse, tant elle avait la belle désinvolture des élégantes de haute lignée.

— Est-ce que nous allons nous éterniser ici ? demanda Maria au bout d'un quart d'heure.

Elle connaissait Santa-Rosa, elle avait peur qu'il ne fît poser sa femme.

— Oh ! il viendra, dit Mathilde, je le sens venir.

— Mais qu'est-ce que nous allons faire de cette femme qui est là-bas ?

— Je ne m'en occupe pas.

Et, se parlant à elle-même, Mathilde se dit : « Après tout, je n'ai pas peur d'avoir des témoins, au contraire. »

Enfin on entendit le bruit d'une voiture. La princesse ne s'était pas trompée, c'était Santa-Rosa.

Il entra brusquement et tendit la main à sa femme.

— Ma chère amie, pardonnez-moi si vous

7.

êtes là depuis longtemps. J'ai de graves affaires
que je vous dirai. Nous referons fortune. Mais,
de grâce, finissons-en avec toutes ces scènes de
jalousie. Vous connaissiez ma manière de vivre
quand je vous ai épousée. Que diable, je ne vous
ai pas mis une cravache dans la corbeille.

Qui sait ! peut-être que si Santa-Rosa eût dit
à la princesse : « Désormais, je vivrai éternelle-
ment à vos pieds, » qui sait si elle n'eût pas re-
noncé au dessein sinistre qu'elle nourrissait depuis
sa métamorphose ? Mais c'était toujours le même
Santa-Rosa : il ne la traitait même pas comme la
première venue parmi ses maîtresses.

Mathilde avait eu une lueur d'espoir.

— Non, murmura-t-elle, tout est fini.

Elle tomba sur un canapé, en disant à son
mari :

— Je me trouve mal. C'est que, voyez-vous,
Santa-Rosa, je ne puis pas me remettre, il me
vient des bouffées, je crois être devenue forte, mais
je retombe aussitôt. J'ai quitté mon lit pour venir
vous voir. Avez-vous des sels ? Je me trouve mal...

— Voulez-vous que j'appelle ?

— Non, ce n'est pas la peine, seulement il me
semble que si j'étais couchée je pourrais mieux

vous dire ce que j'ai à vous dire. Ce canapé me brise.

— Qu'à cela ne tienne, dit le jettatore ; je vais vous porter dans un lit tout à côté.

— Non, ne me portez pas, donnez-moi le bras.

Santa-Rosa s'imaginait que la princesse venait de se trouver mal, parce qu'elle avait aperçu une femme dans le jardin, mais il n'en dit rien.

Arrivé au pied du lit, il prit Mathilde et la coucha tout habillée.

— Maintenant, lui dit-elle, ne pourriez-vous me donner un verre d'eau ? J'étouffe.

— Comment donc, il y a ici du sucre et de la fleur d'oranger. Aimez-vous mieux de l'eau de mélisse ?

— Ce que vous voudrez.

Mlle Maria, qui avait fait elle-même un tour de jardin pour voir de près la promeneuse, revint vers la princesse au moment même où Santa-Rosa lui donnait un verre d'eau.

Mathilde parut contente de la voir entrer.

— Tenez, Maria, voyez comme mon mari est devenu charmant : Je viens d'avoir des spasmes, le voilà qui me gâte avec des douceurs.

Santa-Rosa sourit et sortit.

Le marquis n'avait qu'une idée : c'était de chasser du jardin l'importune visiteuse.

— Regardez donc où va le marquis, dit Mathilde à sa suivante.

Maria s'avança à la fenêtre.

Alors, la princesse, avec la rapidité d'une femme qui ne réfléchit plus, prit dans son sein un tout petit flacon qu'elle versa dans le verre d'eau.

— Oh ! mon Dieu, pensa-t-elle, que vais-je faire du flacon ?

Maria revint vers le lit.

— Eh bien, princesse, le marquis joue aux quatre coins avec cette dame, car la voilà qui monte le perron pendant qu'il disparaît dans le bosquet.

A peine Maria avait-elle parlé, que la visiteuse entra dans la chambre.

— Pardon, madame, dit-elle comme une femme qui n'a peur de rien et qui veut tout savoir, je crois que j'ai laissé ici mon chapeau et mes gants.

Elle ne trouva ni son chapeau ni ses gants, mais elle s'attarda à demander à Mathilde si elle était malade, car Mathilde, dans la suprême émotion d'une femme qui va mourir, avait déjà la pâleur du tombeau.

— Oui, madame. Voyez, le marquis de Santa-Rosa a eu la bonté de me préparer ce verre d'eau sucrée, mais je n'ai pas encore eu la force de le boire.

Disant ces mots, elle porta le verre à ses lèvres.

Le marquis rentrait alors. Elle avait entendu son pas sur le perron ; elle but donc le verre d'eau sucrée — à la fleur d'orange et à la morphine — en présence du marquis, d'une de ses maîtresses et de Mlle Maria.

— Eh bien ! lui demanda Santa-Rosa, cela vous fait-il du bien ?

Mathilde posa le verre d'une main agitée et se leva à moitié.

— Je ne sais plus où j'en suis, qu'est-ce que je viens de boire là ?

Santa-Rosa s'approcha du lit.

— Mais, chère amie, vous avez bu tout simplement un verre d'eau sucrée à la fleur d'orange.

— A la fleur d'orange, peut-être, mais qu'est-ce que cette fleur d'orange ?

Mathilde reprit le verre et le passa à Mlle Maria qui, après y avoir mis la lèvre, dit d'un air étonné :

— En vérité, il y a là quelque chose d'étrange.

Le marquis voulut prendre le verre à son tour.

— Non, non, s'écria Mathilde avec énergie, je vous défends, monsieur, de reprendre ce verre.

Elle regarda son mari avec toutes ses haines.

— Vous êtes un misérable, vous m'avez empoisonnée !

Le marquis, voyant le visage tout décomposé de sa femme, semblait ne plus comprendre.

— Elle est folle, dit-il en se tournant vers sa maîtresse d'occasion.

Il alla prendre la petite bouteille de fleur d'orange et la montra tour à tour à cette femme, à Maria et à la princesse.

— Vous êtes lâche, lui cria Mathilde. Vous n'avez pas le courage de vos forfaits. Vous m'avez attirée dans un guet-apens pour m'empoisonner.

Et se tournant vers la visiteuse :

— Madame, écoutez bien ceci : Quand j'étais malade, il y a quinze jours, j'ai fait un testament en sa faveur. Mais je ne lui dirai pas où est ce testament, car je ne veux pas qu'il mange mon bien avec vous ou avec d'autres.

La dame ne trouva pas un mot à dire, tant elle était effarée.

— Ah ! que je souffre, dit Mathilde en jetant ses pieds hors du lit.

Elle ressaisit sous l'oreiller le petit flacon de morphine en prenant son mouchoir.

— De l'air ! de l'air ! cria-t-elle.

Le marquis voulut la conduire lui-même à la fenêtre, ne tenant pas compte de ce qu'elle avait dit.

— Ne me touchez pas ! Ne me touchez pas ! lui cria-t-elle en exprimant un sentiment d'horreur.

Elle s'appuya sur le bras de Maria et s'avança vers la fenêtre.

— De grâce ! qu'on m'amène un médecin.

Le marquis sortit aussitôt pour donner des ordres.

La visiteuse, voulant s'esquiver, le suivit de près, si bien que la princesse se trouva seule à la fenêtre pendant que Maria allait chercher un fauteuil.

— Oh ! mon Dieu ! mon Dieu ! dit-elle en levant les bras au ciel.

Ce n'était qu'un jeu de scène.

Elle ne laissa pas retomber son bras droit sans avoir jeté le flacon de morphine sur un massif de la pelouse.

— Que m'importe, dit-elle, si on le retrouve tout de suite? Mon mari est allé dans le jardin, c'est donc lui qui l'aura jeté. Quoi qu'il fasse, il me suivra dans le tombeau.

IX

POURQUOI SANTA-ROSA FUT CONDUIT EN PRISON

RIEN n'est plus rare que de trouver un médecin à Passy, surtout quand on y est en oiseau de passage. Messieurs les docteurs du seizième arrondissement font plus de visites sous la montagne que sur la montagne : ils descendent volontiers dans Paris pour prouver à leurs malades qu'ils sont appelés dans toutes les paroisses.

On courut chez trois médecins, on n'en trouva pas un seul.

Aller de Passy à Paris, c'est aller au bout du monde.

Le marquis perdait la tête.

Naturellement, il voulait que Mathilde fût sauvée, il le voulait pour elle, mais surtout pour lui, car il n'était pas sans inquiétude sur ce qu'elle avait dit : — Si jamais on allait trouver du poison dans la fleur d'oranger ?

Car il ne s'imaginait pas que Mathilde eût poussé la haine conjugale jusqu'à s'empoisonner pour le perdre.

Il n'y a que les Espagnols qui comprennent cette terrible vengeance, qu'un de leurs poëtes tragiques a mise en scène.

Santa-Rosa était revenu près de la princesse.

Il était six heures.

— Oh ! si vous ne trouvez pas de médecin, lui dit amèrement Mathilde, c'est que vous ne voulez pas en trouver ! Tout médecin qui viendra sera votre accusateur... Je me sens mourir dans toutes les tortures...

Mais voilà qu'un médecin entra; c'était le docteur Ricord, en visite au voisinage, chez un ancien préfet de police de l'Empire.

— Eh bien ! dit-il en entrant avec son expression de gaieté spirituelle, qu'y a-t-il ?

Il reconnut la princesse, ou plutôt il ne voulut pas la reconnaître.

— Mais que faites-vous là ?

— Docteur, mon cher docteur, je suis empoisonnée par cet homme, qui est mon mari.

Le docteur Ricord ne connaissait que le premier mari.

— Voyons, voyons, dit-il, les maris n'empoisonnent pas leur femme. D'ailleurs, vous n'êtes pas empoisonnée, ma chère princesse.

Mais aussitôt, se tournant vers Santa-Rosa :

— Monsieur, dites-moi ce qui s'est passé.

Le marquis raconta qu'il n'y avait dans tout ceci qu'un verre d'eau à la fleur d'oranger.

Santa-Rosa voulut prendre le verre, mais la princesse le saisit et le tendit au docteur Ricord, qui y goûta du bout des lèvres.

— Mais il y a de la morphine, dit-il en s'animant.

— De la morphine ? s'écria Santa-Rosa ; c'est impossible !

— C'est impossible, mais cela est.

— Oui, cela est, dit la princesse, qui se roulait dans les douleurs; que voulez-vous, docteur, la petite vérole m'a défigurée, quand le marquis a eu mangé ma fortune, je n'étais plus bonne à rien. Il fallait qu'on se débarrassât de moi.

Ce fut en vain que le docteur Ricord, avec

sa rapidité de voyant, tenta de sauver la princesse.

Mlle Maria était là qui, elle-même, secourait sa maîtresse.

Mathilde était à bout de forces. Elle expira une demi-heure après, dans les plus abominables tortures. Elle tendit la main à Ricord, mais il n'entendit pas ce qu'elle se disait à elle-même : « Je meurs vengée. »

Santa-Rosa était atterré, il espérait que le docteur Ricord, un si galant homme, n'irait pas trahir ce secret d'intérieur. Mais il avait peur de Mlle Maria.

Comment l'acheter ?

Et puis il y avait aussi cette autre femme qui avait entendu les imprécations de la princesse.

Celle-là était une amie, il en aurait sans doute raison.

Mais l'ancienne femme de chambre de la princesse, qui sans doute était sincère dans ses larmes ! Et elle pleurait bien.

N'était-ce pas elle qui avait empoisonné la princesse ?

Santa-Rosa savait que cette fille était une coquine pleine de ténèbres, mais il fallait lui trouver un but pour l'accuser.

Il tremblait que, par une de ces fatalités qui l'effrayaient souvent, lui qui croyait aux esprits occultes, l'eau de fleur d'oranger ne fût empoisonnée.

Alors, que pourrait-il dire devant le juge d'instruction ?

— Après tout, murmurait-il à chaque instant, je ne suis pas coupable. Pourquoi m'inquiéter ?

Mais il n'avait pas confiance en la justice, qui a souvent deux oreilles pour l'acte d'accusation et qui n'en a plus une seule pour écouter l'accusé.

A la fin, Santa-Rosa eut l'idée que la princesse s'était empoisonnée elle-même ; il le dit à Ricord.

— Mais, qui prouvera cela ?

— Moi, dit Santa-Rosa, qui voulait avoir l'air de n'être pas inquiet.

Comme Santa-Rosa disait ce mot, le commissaire de police entra.

Mlle Maria qui, en fille d'esprit, n'était pas sans inquiétude pour elle-même, avait jugé prudent que la justice mît la main sur Santa-Rosa.

Depuis que messieurs les portiers et L. A. S.

les domestiques vont au théâtre, ils veulent se payer la comédie chez leurs maîtres, — c'est-à-dire chez eux. — Il n'y a pas de pires accusateurs que ces gens-là. Ils s'intéressent, au théâtre, à des personnages qu'ils ne connaissent pas. Mais ils s'intéressent bien plus aux criminels qu'ils connaissent.

LIVRE IV

LES TOMBEAUX

I

PREMIER TOMBEAU DES TROIS DUCHESSES

N matin, M. d'Armeville sonna à la porte de Mme Templier.

Thérèse vint ouvrir. Quoique le marquis sût que cette vieille toquée fût une des causes de tant de malheurs, elle avait une si bonne figure qu'il n'avait pu la prendre en haine. D'ailleurs, M. d'Armeville était fataliste, il reconnaissait partout la carte forcée dans le jeu des destinées humaines.

Thérèse vit bien qu'il y avait ce matin-là quelque chose de nouveau, mais ce fut à peine si elle osa l'interroger des yeux.

— Eh bien ! ma pauvre Thérèse, une de nos trois duchesses est morte.

— Morte, j'espère bien que ce n'est pas Madeleine, ni Léonie.

— Non, c'est Mathilde.

— Dieu soit loué ! s'écria Mme Templier, qui venait d'entrer et qui avait entendu.

Elle se reprit :

— J'ai voulu dire que je remerciais Dieu de n'avoir point pris ni Madeleine ni Léonie. Et comment Mathilde est-elle morte ?

— Elle est morte empoisonnée, c'est tout une affaire terrible. Quand on m'a appelé, on arrêtait le marquis de Santa-Rosa.

— Oh ! mon Dieu ! J'avais appris qu'elle était défigurée ; mais ce n'était pas une raison pour l'empoisonner.

— Il paraît que c'était une raison.

M. d'Armeville n'avait pas encore une opinion bien raisonnée.

— Après tout, reprit-il, je ne sais pas ce qui s'est passé. Telle femme, tel mari : Santa-Rosa ne valait pas mieux que Mathilde. Mais nous ne sommes pas des juges d'instruction. Savez-vous ce qui m'amène ?

Mme Templier s'imagina que la princesse avait

fait un testament en faveur de ses deux filleules.

Mais le marquis lui dit que ce n'était pas
cela.

— Je viens vous prendre pour aller au Père-
Lachaise. Ne m'avez-vous pas dit que vous vous
étiez payé, du côté de la tombe de M. de Morny,
quatre mètres de terrain perpétuel? Je ne sais où
nous allons mettre Mathilde; il n'y a plus de con-
cessions à perpétuité dans les cimetières de Paris.
Vous devriez bien me donner une place pour cette
pauvre morte. Voyez-vous, maintenant qu'elle a
la pâleur du tombeau, elle est sacrée pour moi.
Pardonnez-lui comme je lui pardonne tout le
mal qu'elle a fait. Dieu l'a frappée dans sa fortune,
dans son cœur, dans sa beauté. On ne pouvait pas
mourir plus misérable.

— C'est vrai, mais que voulez-vous que je
fasse pour une femme qui m'a arraché Madeleine
des bras, pour la donner à Dieu?

— Qui sait si vous ne l'eussiez pas donnée à
un homme indigne d'elle? Quel est l'homme qui
vaut Dieu ?

— Vous avez beau dire, quand elles sont ma-
riées on les retrouve.

— On les retrouve bien peu. On ne les retrouve

IV.   8

que si elles sont malheureuses ; si elles sont heureuses elles vous échappent et ne vous regardent plus.

— Je crois toujours que si Madeleine eût épousé Joinville, c'eût été la joie pour tout le monde.

— Ne me parlez pas de M. Joinville ! sa conduite est plus qu'étrange, car il ne me paraît pas douteux qu'il aimait tout autant la princesse que Madeleine.

— Oh ! ces hommes ! il ne faut pas plus compter sur eux que sur les femmes.

On sait que Mme Templier en avait vu de toutes les couleurs.

— Eh bien ! reprit M. d'Armeville, allons-nous-en au Père-Lachaise.

— Mon Dieu ! je veux bien aller par là, j'ai toujours du plaisir à voir la place où je serai enterrée.

Mme Templier accepta cette promenade comme elle eût accepté une partie de campagne.

Mais elle ne promit encore rien.

— Voyez-vous, lui disait en chemin le marquis, faites cela pour moi, je ne puis pas mettre la princesse à Cayenne, le duc ne permettra pas qu'elle aille au château d'Arvers dans la chapelle fami-

liale. Qu'est-ce que cela vous fait de donner l'hos-
pitalité à Mathilde ?

— Nous verrons, nous verrons.

Quand on arriva dans les hauteurs du Père-
Lachaise, Mme Templier fit remarquer à M. d'Armeville le magnifique panorama de Paris.

— N'est-ce pas que je serai là en belle vue ?

— Je crois bien, dit le marquis, un peu plus
je vous demanderais aussi une place pour moi.

— Oh ! une place pour vous ! je serais trop fière
d'attendre là en votre compagnie le jugement
dernier. Mais que dirait-on en voyant sur ma
pierre le nom d'un marquis ?

— Mais, ma chère amie, ce sera bien mieux
si on y voit le nom d'une princesse.

On sait que Mme Templier avait aussi le pré-
·jugé des princes et des princesses.

— Après tout, dit-elle, c'est chez moi qu'elle a
vécu sa première année.

— Eh bien, tant pis pour vous si vous lui avez
donné du mauvais lait. D'ailleurs, n'oubliez pas
que vous êtes bien pour quelque chose dans tous
les malheurs de celles que vous appelez *les trois
duchesses.*

Mme Templier tomba soudainement agenouillée.

— Ah ! monsieur le marquis, vous avez raison,

si vous saviez comme je suis devenue triste!
M. Templier, qui est innocent de tout cela, en est
lui-même mélancolique. Voyez-vous, le malheur
a frappé à notre porte, voilà pourquoi je me
coucherai là, un jour, avec beaucoup de résignation.

— Eh bien, faites un sacrifice à Dieu, commencez par y coucher la morte de cette nuit.

— Vous savez bien que je ferai tout ce que vous
me direz de faire.

On enterra donc Mathilde dans les quatre mètres du terrain qui avait été concédé par la ville
de Paris à M. et Mme Templier. La cérémonie
funèbre ne se fit pas à huis clos, mais le corps de
la princesse, qui fut apporté de Passy rue Royale,
n'entraîna pas une foule à la Madeleine. Ce fut
pour ainsi dire la répétition du mariage avec
Santa-Rosa : le même monde, à quelques Italiens
près.

Quoiqu'on eût arrêté Santa-Rosa, ses amis
vinrent tous à l'enterrement, comme pour prouver
qu'ils ne croyaient pas que son arrestation fût sérieuse.

On jugea même que c'était une manifestation.

C'est le marquis d'Armeville qui avait ordonné
les funérailles. Funérailles de princesse. Naturel-

lement c'était le duc de Marigny qui devait payer tout le cérémonial.

Mme Templier était à l'enterrement; elle alla jusqu'au cimetière; on mit la princesse dans une tombe provisoire. Mais la ci-devant sage-femme, comme pour sanctifier la terre où elle devait reposer, alla y prier et y pleurer. Mais ce n'était pas pour Mathilde qu'elle priait et qu'elle pleurait.

Elle dit en se relevant :

— Ah ! mes deux autres duchesses, que deviendront-elles ?

II

LA LÉGENDE DES DEUX PIGEONS

UAND Madeleine était à Venise, les pigeons de la place Saint-Marc venaient voleter sur sa fenêtre à l'hôtel de Bellevue. C'est qu'elle n'oubliait jamais de leur émietter du pain, en vraie mère nourricière, avec sa grâce et sa douceur idéales. Elle n'avait qu'à paraître pour qu'ils revinssent. C'était une vraie fête pour eux comme pour elle. Les pigeons la connaissaient bien et elle connaissait bien les pigeons, deux, entre autres, plus matineux, qui venaient becqueter à la fenêtre quand elle était paresseuse. Elle aimait ce réveille-matin, elle ouvrait la croisée et elle leur chantait la bienvenue.

Quand elle fut sur le point de quitter Venise, elle n'eut qu'un regret, le regret de ne plus avoir ses chers pigeons. Les deux plus familiers vinrent sur la fenêtre au moment du départ. C'était comme un adieu. Elle les appela, les prit dans ses mains et les caressa longtemps.

— Pourquoi ne les emportes-tu pas? dit Mme Templier.

— Ce serait un crime de lèse-nation.

Madeleine avait raison, les pigeons de Venise sont les citoyens de la République. Ils portent bonheur à la ville des doges, ils sont nourris par l'État. Les monuments s'ennuieraient et se dé-poétiseraient s'ils n'étaient plus hantés par ces hôtes familiers, qui sont comme des sculptures vivantes sur les milliers de statues. Leurs batte-ments d'ailes sont un écho de l'âme de Venise.

Mme Templier, qui n'était pas si patriotique, ne dit plus rien à Madeleine. Mais, pour lui faire une surprise, elle mit la main sur les pigeons, les nicha dans un panier, et les emporta avec elle en disant que c'étaient des oiseaux, les oiseaux de Léonie.

Arrivée à Paris, Madeleine fut très-heureuse de cette surprise : il lui sembla qu'elle retrouvait des amis perdus. Il fallut bien les mettre en cage, mais elle les garda dans son cabinet de toilette et leur chanta des airs vénitiens.

Çà et là elle leur donnait un peu de liberté. Après quelques effarouchements, ils revenaient à elle; l'un d'eux lui montait sur l'épaule et becquetait du pain à ses lèvres. Il n'y avait pas de tableau plus charmant. Léonie se promettait de le peindre.

Mais voilà qu'un jour la femme de chambre ouvre la fenêtre : un des pigeons prend son vol; il part pour Venise. Grande désolation, non-seulement de Madeleine, de Léonie, de M. et Mme Templier, mais du pigeon qui était resté.

C'était comme un amoureux qui a perdu sa maîtresse; la cruelle était partie sans lui dire : Viens avec moi. Elle allait se consoler sur tous les clochers de Venise.

Le pigeon abandonné ne mangeait plus. Madeleine avait beau le caresser, il voulait se laisser mourir.

Elle eut pitié de lui un jour. Après l'avoir pris sur son sein et l'avoir vingt fois embrassé, elle ouvrit elle-même la fenêtre et le lança dans les airs.

Le pigeon ne se retourna pas. Il savait son chemin, il traversa les nues et retourna à Venise.

Madeleine voyait partout l'image de sa destinée : ces pigeons n'étaient-ils pas l'histoire de son
amour?

Mais ce fut bien pis quand, un matin, le premier pigeon parti vint se poser, l'aile saignante,
la patte déchirée, sur le balcon de sa fenêtre.

Il neigeait; elle regardait aux vitres les flocons
fondants.

— Un de mes pigeons! s'écria-t-elle.

Elle reconnut que c'était le premier parti; elle
avait déjà ouvert la fenêtre. Elle le prit dans ses
mains et le baisa doucement.

— Mon cher voyageur, dit-elle, d'où viens-tu?

Le pigeon revenait de Venise; la pauvre bête
s'était imaginé, en fuyant, que son amoureux
s'était enfui comme elle, qu'ils se rencontreraient
en chemin et qu'ils se retrouveraient à Venise.

Les prisonniers qui voient une porte ouverte
ne s'attendent pas les uns les autres.

La fugitive, en arrivant dans ce magnifique
pigeonnier, qui s'appelle Venise, ne retrouva pas
son amoureux. Ce fut en vain que tant d'autres
amoureux voulurent lui en conter. Ce n'était pas
son compagnon de voyage. Elle s'était dit, comme
Madeleine, que Venise sans amour, Venise le
cœur brisé, c'est le pays des sépulcres.

Aussi s'en revenait-elle après avoir cherché, après avoir attendu, après avoir pleuré toutes ses larmes de pigeon, dans cet horrible Paris où il l'attendait sans doute.

Mais elle revenait trop tard.

C'était, plus que jamais, l'histoire de Madeleine.

— Pauvre petite, dit-elle à la belle voyageuse, te voilà comme moi, sans amoureux. Mais lui ne t'a pas trahie, tu le retrouveras. Par malheur tes ailes ne te portent plus.

Madeleine soigna le pigeon, comme Vénus soignait ses colombes.

Quand il commença à battre des ailes, elle pensa à lui rouvrir la fenêtre. Mais qui sait si l'autre ne reviendrait pas?

L'amoureux ne revint pas.

Il semblait que la pauvre voyageuse espérât son retour pour reprendre le courage de vivre.

Un jour elle désespéra et mourut.

Madeleine prit une plume à ses blanches ailes et écrivit ce mot à Joinville :

« Et moi aussi je meurs parce que vous n'êtes « pas revenu, parce que vous avez trahi mon « cœur, parce que vous ne m'aimez pas. »

Mais ce billet, Madeleine le brûla dès qu'il fut écrit.

Elle pleurait encore l'amoureuse aux ailes blanches quand revint le pigeon.

Madeleine lui conta les chagrins de son amie.

Je ne sais pas si le pigeon comprit, mais, après avoir sautillé sur la cage déserte, il prit son vol et ne revint plus.

Cette histoire de pigeon poursuivit toujours Madeleine. Ce fut sa légende.

III

LE COUVENT SAINTE-CÉCILE

UOIQUE la maison de Mme Templier ne fût pas bien gaie, Madeleine supplia sa marraine de lui permettre d'aller cacher ses larmes dans une de ces maisons de refuge, qui se sont ouvertes à tous les coins de Paris, sous l'invocation de quelque sainte bien-aimée. Les âmes blessées trouvent doux, dans leur douleur, d'être là tout à elles-mêmes en communion sympathique avec d'autres âmes pareillement blessées, qui se croient sur le rivage après la tempête.

Mme Templier recevait beaucoup de visites; Madeleine avait beau vouloir s'abstraire et vouloir échapper aux causeries, quand les amies de

Mme Templier venaient rue Billault, elle était souvent obligée d'y prendre part, ce qui était pour elle un supplice. Que lui importaient ces vains caquetages des désœuvrés qui ne cherchent que le plaisir, à elle qui ne cherchait que le silence?

Elle avait toujours été pensive; elle s'élevait jusqu'à la méditation, mais sans jamais y mettre cette pédanterie qui est la marque de la femme savante.

Voilà pourquoi Madeleine s'était réfugiée chez les sœurs de Sainte-Cécile, maison ouverte, s'il en fut, où l'on ne s'enchaîne à Dieu qu'au jour le jour. On y garde la liberté du lendemain, mais il semble que cette liberté de quitter la maison ne donne qu'un désir plus vif d'y rester. Dieu ne veut pas de chaîne; il ne demande qu'on l'aime que s'il est doux de l'aimer.

Dans ce refuge de Sainte-Cécile, Madeleine trouva quelques amitiés sérieuses, des femmes et des filles du monde qui avaient, jeunes encore, le mal du ciel.

Madeleine se trouvait dans son atmosphère; rien ne détonnait dans la symphonie de ses chagrins.

Un jour, la meilleure des jeunes amies qu'elle

eût trouvée là, Mlle d'Archangy, une autre sacri-
fiée, lui demanda doucement pourquoi elle était
si triste. Madeleine lui parla comme à son confesseur parce qu'elle voyait la pureté de cette
âme. On ne se mire pas dans l'eau trouble.

« Je souffre de tout, lui dit-elle ; il y a dans le
monde les rudes écorces que rien n'entame et les
sensitives qui ne résistent à rien. J'ai beau vouloir tout braver par la force d'âme, je me sens
vaincue à la première atteinte. Quand je suis
venue au monde, j'ai coûté la vie à ma mère.
J'étais ļnée dans les plus hautes régions, il m'a
fallu vivre de la vie bourgeoise. J'ai trouvé la
bonté, mais je ne respirais pas bien, loin des
sommets. Je ne dis pas cela par orgueil, mais que
voulez-vous, je suis de ces fleurs qu'il ne fallait
pas transplanter : l'air vif m'eût donné des forces :
Je me suis étiolée dans un horizon restreint.

« Ce fut en vain que la meilleure des femmes
s'imagina remplacer ma mère, mon cœur cherchait toujours. J'ai voulu échapper aux vulgarités
bourgeoises d'une petite existence par les mirages
de l'art théâtral. On me trouvait beaucoup d'âme
et beaucoup de voix, mais j'ai vu bien vite que,
pour les femmes, la vertu, au théâtre, est un obs-
tacle, surtout quand on a quelque beauté. Au mo-

ment où j'y pensais le moins, l'amour m'est venu.
Comment ? Une page de roman, une rencontre
dans les Champs-Élysées, deux yeux qui ont pris
mon cœur, ç'a été comme un rêve. Est-il possible
qu'un homme qui passe, le premier venu, — car
ce n'était pas un prince, — s'impose au cœur et à
l'esprit d'une fille raisonnable comme moi ? Ce fut
pourtant ainsi.

« Je ne voyais plus que ces yeux-là. J'étais sous
le charme.

« Une femme m'avait pris ma place chez mon
père, cette même femme me prit l'homme que
j'aimais. Je chantais alors en Italie, je croyais que
l'art console de l'amour. Rien ne console de l'a-
mour, si ce n'est l'amour, mais je ne suis pas de
celles qui tombent d'un amour dans un autre. Je
veux mourir de ma première blessure, car je veux
être digne de ma mère.

« Que vous dirais-je de mes autres chagrins ?
J'ai une sœur d'aventure que j'aime comme moi-
même, les mauvaises passions l'ont prise, c'est aujourd'hui une courtisane. J'ai donc perdu l'amitié
après avoir perdu l'amour. »

Madeleine poussa un soupir et se tut.

— C'est tout ? dit Mlle d'Archangy, en lui serrant
la main.

— Non, ce n'est pas tout. Je suis maudite. Jugez :

A cette heure, je serais chez mon père qui est malade, si mon père...

Les paroles s'arrêtaient sur les lèvres de Madeleine. La curiosité avait pris Mlle d'Archangy, aussi regardait-elle son amie en l'interrogeant des yeux.

— Si mon père, qui ne savait pas que je fusse sa fille, n'était devenu amoureux de moi. Il m'a fallu fuir sa maison, quand, chez lui, je me croyais chez moi. Je voulais le veiller dans ses mauvais jours, Dieu ne m'a même pas permis ce pieux devoir. Dites-moi, mon amie, ne me trouvez-vous pas bien malheureuse ?

Quelques jours après, une jeune fille, que Madeleine ne connaissait pas, vint prendre une chambre chez les sœurs de Sainte-Cécile ; comme on dit à Madeleine que cette jeune fille chantait, elle voulut la voir. Elles se rencontrèrent à matines.

C'était Mme Esther Suzanne.

Que venait-elle faire là ? On prend tous les masques, même celui de la religion — trop souvent celui de la religion — pour faire ses affaires. Il y avait encore plus d'un point noir dans l'horizon

matrimonial de cette fille de Mme Suzanne. Son
Arthur, quoiqu'il l'aimât beaucoup, venait, par un
caprice, d'échapper au toit demi-conjugal ; on disait même qu'il avait été entraîné par la Salamandre qui le trouvait trop beau pour sa sœur.
Comme Mme Esther voulait donner tous les torts
à son mari, car elle prévoyait déjà le jour de la
séparation, elle voulait en toute occasion prendre
les airs d'une épouse accomplie ; ce n'était donc
pas assez d'avoir gagné sa cause auprès du père, il
fallait encore la gagner tous les jours auprès du
fils. Les écervelés qui se marient avant l'âge sau-
tent bientôt par toutes les fenêtres de l'hyménée.
Il ne faut pas leur donner raison.

Madeleine ne connaissait guère Mme Esther ;
elle l'avait vue de loin en loin — toujours à
distance respectueuse. — Quand elle reconnut
la nièce de Mme Templier dans une si bonne
maison, elle ne fit pas de façons pour causer avec
elle.

Esther ouvrit son cœur ou plutôt son code.

Madeleine ne fit que l'approuver dans sa résolution d'être impeccable, mais elle vit bientôt à qui
elle avait affaire.

Mme Esther n'avait pas eu besoin d'aller à Londres pour devenir lady Tartufe.

Autant Mme Esther cachait son jeu, autant Mlle d'Archangy démasquait son cœur.

Celle-ci comme Madeleine était une de ces belles âmes que le monde effarouche par ses crimes, qui se brisent les ailes à toutes les aspérités de la vie, qui se réfugient dans la maison de Dieu, après les premières tempêtes, comme ces passagers craintifs qui se réfugient au prochain rivage dans la peur des dangers.

Aussi, quand Madeleine avait vu Esther, pendant une demi-heure, elle se jetait avec une cordiale effusion dans les bras de Mlle d'Archangy; c'était une vraie sœur pour pleurer.

IV

QUI DONC ÉTAIT LE PÈRE DE MATHILDE ?

LE marquis d'Armeville connaissait la mère de Mathilde, mais il ne savait pas le mystère de sa naissance. Il y a des femmes qui cachent leurs enfants comme on cache un crime. On sait d'ailleurs que la comtesse anonyme n'avait pas le droit de présenter sa fille à son mari. Elle rencontra le marquis d'Armeville, quelques jours après la mort de sa fille.

— Mon cher marquis, lui dit-elle, vous êtes toujours le beau des beaux de France et de Navarre.

— Que voulez-vous, répondit M. d'Armeville, d'un air soucieux, c'est par habitude.

— Ah ! ne dirait-on pas que vous êtes le Juif-
Errant? Après cela, depuis que vous voilà redevenu
diplomate, vous vous enveloppez dans une gravité
mystérieuse.

— Moi, pas du tout. Quand je fais de la diplomatie, je joue cartes sur table. Que dites-vous de
nouveau ?

— Rien, sinon que je viens de m'agenouiller
au Père-Lachaise devant la tombe d'une princesse
qui était peut-être de ma famille.

— Quelle est donc cette princesse?

— Vous la connaissez bien : la célèbre princesse
del Renozzi, qui a été empoisonnée par ce coquin
de Santa-Rosa.

— Empoisonnée, empoisonnée, dit le marquis,
c'est là une question qui n'est pas résolue. Il y a
des femmes qui s'empoisonnent elles-mêmes.

— Ah ! oui, vous la connaissiez aussi.

— Je la connaissais peut-être beaucoup, car je
crois que c'était ma fille.

Le marquis tout étonné regarda de plus près la
comtesse anonyme. Ce fut pour lui une révélation.

— N'en doutez pas, c'était votre fille : vous
l'aviez abandonnée chez une sage-femme de la rue
de Ponthieu, n'est-ce pas?

— Non pas abandonnée, mais...

— Oui, oui, je sais l'histoire.

La comtesse anonyme essuya deux larmes.

— Ah! mon cher d'Armeville, vous êtes trop philosophe, mais vous avez trop de cœur pour ne pas tout comprendre : mon mari m'eût tuée si je lui eusse confié que dans mes pérégrinations fantasques j'avais mis au monde une petite fille...

— Oui; pas un mot de plus. Je connais tous ces dessous de cartes. Quand on s'embarque dans la vie, on compte sans les passions; ce sont les tempêtes qui vous submergent.

— Et qui m'ont jetée toute désolée sur le rivage.

Le marquis regarda fixement la comtesse anonyme.

— Et quel était le père de la princesse ?

— Ah! voilà, elle date d'un temps très-agité. Ce que je puis vous dire, c'est qu'elle n'était pas la fille de mon mari. Pourquoi êtes-vous si curieux ?

— C'est que je voudrais savoir les origines de ce caractère indomptable qui a semé l'orage et la tempête, qui s'est appelée la rébellion, l'adultère, la jalousie et la ruine.

— Eh bien, je vais vous étonner : je crois

9.

que le père de cet enfant terrible, c'est vous-même.

Le marquis recula de deux pas.

— Allons donc!

— Il n'y a pas de quoi vous récrier. Faites comme moi, comptez bien ; nous nous sommes rencontrés tout juste à point pour ce chef-d'œuvre.

La comtesse anonyme, qui ne pleurait pas sa fille, mais qui se pleurait elle-même, poursuivit :

— Ah ! j'étais fort jolie alors.

— Oui, oui, dit M. d'Armeville qui cherchait à se prouver par les dates qu'il n'était pour rien dans la création de Mathilde.

— C'est impossible, dit-il, cette fille-là n'eût tenu ni de son père ni de sa mère.

— Oh! mais si, elle avait comme moi ces emportements, et, comme vous, ces fiertés de race. Savez-vous ce qui lui a manqué?

— Oh! bien des choses.

— Non, une seule.

La comtesse anonyme avait baissé la tête.

— Il lui a manqué une mère, reprit-elle en trouvant une dernière larme.

M. d'Armeville lui serra la main.

— C'est égal, lui dit-il, dites-moi que je ne suis pas son père.

— Oh! je ne réponds de rien. D'ailleurs, vous êtes bien tranquille, puisque la recherche de la paternité est interdite.

V

LES TERREURS DE SANTA-ROSA

EPENDANT Santa-Rosa n'était pas content sous les verrous de la République Française.

C'est en vain qu'il avait sa conscience pour lui. Ne se souvenait-il pas d'avoir vu jouer le *Courrier de Lyon !* Ne lui avait-on pas conté les méprises de la cour d'assises où les jurés se laissent prendre tour à tour à la parole du procureur de la République et de l'avocat de l'accusé !

Et d'ailleurs il ne voulait pas passer en cour d'assises. Quoiqu'il fût un des plus beaux décavés de la vie, il gardait l'orgueil de son nom; aussi était-il décidé à en finir par un suicide quelconque si la justice française l'appelait au banc des accusés.

Il n'avait guère que de mauvaises cartes dans son jeu ; il disait au juge d'instruction ce qu'il avait dit au docteur Ricord :

— Pourquoi voulez-vous que j'aie empoisonné cette femme, puisque je ne vivais plus avec elle et qu'elle ne courait plus après moi?

Mais le juge d'instruction lui répliquait :

— Votre femme courait si bien après vous qu'elle est morte dans une de vos maisons. Pour ce qui est de la raison qui vous portait à l'empoisonner, nous la trouverons un jour ou l'autre ; et d'ailleurs nous n'avons pas eu besoin de trouver un motif chez Billoir.

Ce souvenir de Billoir ne rassurait pas du tout le jettatore. Ce fut bien pis quand un jour le juge d'instruction lui dit, en lui présentant une feuille de papier : « Voilà la raison de votre crime. »

Cette feuille de papier, c'était le testament de la princesse — un autre acte d'accusation prémédité.

Par ce testament, Mathilde léguait quelque souvenir au duc de Marigny, au marquis d'Armeville et au vicomte de Myra ; elle donnait son dernier diamant à Madeleine et ses tableaux à

Joinville. Elle n'oubliait pas Mlle Maria. Enfin, pour le bouquet, elle donnait à son mari, qu'elle appelait son cher Santa-Rosa, tout ce qui lui restait de sa fortune au jour de son décès.

— Voilà qui est limpide, dit le juge d'instruction à l'accusé. La petite vérole avait défiguré votre femme, vous ne vouliez plus la voir, vous connaissiez son testament, vous avez voulu en un instant liquider le mariage et la succession, reprendre votre liberté et jouir des millions de la princesse.

— Mais la princesse n'avait plus le sou, s'écria Santa-Rosa, elle avait joué ce qu'elle avait et ce qu'elle n'avait pas.

Le jettatore avait beau dire, le juge d'instruction était convaincu.

La justice a cent yeux, mais elle a ses jours d'aveuglement.

Santa-Rosa eût été condamné à mort en France, si son ancien titre diplomatique et sa mission à Paris ne l'eussent protégé contre les tribunaux français. Il avait encore assez d'amis au pouvoir, à Rome et à Paris, pour qu'il fût soustrait à la juridiction française. On voulut d'ailleurs faire étouffer cette affaire, qui eût été une cause trop célèbre.

A cette heure, tout le monde est convaincu du crime de Santa-Rosa; nul ne doute que la princesse n'ait été empoisonnée par le jettatore.

Voilà pourquoi un crime ne devient un crime ni par les présomptions, ni par les témoignages.

Pour juger certaines causes célèbres, il faudrait un jury composé de philosophes ayant pâli sous l'étude des mystères du cœur humain.

LIVRE V

LES LARMES DE SANG

I

COMMENT TRIVULZIO PERDIT SON PÈRE ET RETROUVA SA MÈRE

LES hôtels meublés, à Paris, sont le rivage trompeur où viennent échouer toutes les fortunes en ruines, navires démâtés qui font eau de toutes parts et qui ne se sauvent pas à la côte. C'est que les voyageurs en veulent toujours avoir pour leur argent ; ils font bien les choses à Paris, dans la zone dorée des plaisirs, mais ils se montrent tous avares au logis, sans parler de ceux-là qui ne payent pas du tout, et qui finissent par laisser, comme gage, une malle bien bouclée, mais ne renfermant que des misères.

On se souvient de Mme Caroline Darblé, veuve
Marsault, meurtrière de son cousin, qui avait été
son amant et qui voulait le redevenir à la façon
de Tarquin. Le jury avait acquitté cette seconde
Lucrèce, mais elle n'en était pas beaucoup plus
heureuse. On la montrait partout du doigt dans
sa province; soit qu'elle fût à Montargis, soit
qu'elle fût à Orléans, où le bruit de son procès,
une cause célèbre s'il en fut, retentissait toujours.

Cette autre Lucrèce ramassa un jour sa fortune
en péril pour venir la risquer à Paris, où du moins
elle vivrait ignorée. Il est des gens qui aiment
la célébrité, il en est bien plus qui aiment l'inconnu et l'impersonnel. Ceux-ci ont bien raison.
A moins qu'on ne soit Homère ou Alexandre,
Molière ou Turenne, Victor Hugo ou Napoléon,
ce n'est pas la peine d'être glorieux. Les chênes
et les roses n'inscrivent pas leur nom sur leurs
feuilles; sont-ils moins que les hommes et les
femmes sans âme dans l'esprit de la création?

Mme Caroline Darblé aurait pu strictement vivre à Paris des cinquante mille francs qu'elle y
apportait, à la condition toutefois de ne pas vivre
dans le mirage des emprunts étrangers; mais elle
tomba dans une autre turquerie en se laissant

embobiner pour reprendre un hôtel meublé. C'était aux Champs-Élysées, cela avait de la mine, on y voyait des étrangers de marque, si bien que la pauvre femme y alla de ses cinquante mille francs.

Cette maison plus ou moins achalandée, située avenue d'Iéna, était presque célèbre alors par son dernier hôte, le prince Trivulzio.

Il n'y a que les montagnes qui ne se rencontrent pas. Mme Caroline Darblé — car elle avait repris son nom de demoiselle — pour ne pas rappeler à Paris son nom de veuve Marsault qui avait passé en cour d'assises — rencontra donc tout naturellement son fils.

Elle ne savait pas encore que ce fût son fils, mais elle se rappela l'avoir vu à son procès, accompagnant Mme Templier et une de ses filleules.

— Je ne me trompe pas, lui dit Trivulzio, je vous ai vue à Orléans.

— Je vous reconnais, prince, j'espère que vous n'allez pas quitter mon hôtel.

— Dieu m'en garde, madame; mais je suis un mauvais locataire. Je ne vous cache pas que je redois 500 francs à celle qui vous a précédée.

— Ne vous inquiétez pas, prince. Je ne cours

pas après 5oo francs. On peut faire crédit à un
homme comme vous.

C'était bien l'affaire de Trivulzio qui ne savait
plus où donner de la tête ; il ne sauvait plus sa
dignité qu'en s'habillant comme une gravure de
mode ; il n'avait plus de crédit que chez les tail-
leurs ; aussi tous les huit jours mettait-il quelques
habits au Mont-de-Piété. La nouvelle maîtresse
d'hôtel ne se doutait pas qu'un prince pût en
venir là.

Il lui raconta qu'il s'était brouillé avec son
père ; — il lui dit que le duc de Marigny voulait
détourner sa fortune à lui, Trivulzio , la fortune
qui lui venait de sa mère. — Mais il faisait un
procès à ce père dénaturé qui serait bien forcé de
lui accorder une pension de 5,ooo francs par
mois au minimum.

— Vous comprenez, madame, qu'un prince
comme moi ne peut pas vivre de l'air du temps.
Si le duc eût prévu son injustice, il m'aurait appris un métier. Forgeron ou gratte-papier, je
gagnerais ma vie.

— O prince, vous êtes né pour d'autres destinées.

— Oui, madame, mais en attendant je n'ai pas
le sou.

— Eh bien, prince, faites-moi le plaisir de prendre vingt-cinq louis dans ma petite bourse.

— O madame, un peu plus je vous embrasserais.

C'était la seconde fois que Trivulzio avait failli embrasser sa mère.

Il continua peu à peu, de jour en jour, à lui faire des confidences. Il lui avoua que s'il avait fâché « son père » c'était par ses désordres.

— Il faut bien que jeunesse se passe, dit Mme Caroline Darblé.

II

DEUX INCONSOLABLES

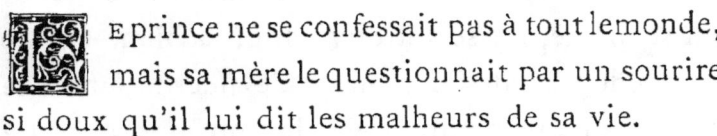E prince ne se confessait pas à tout le monde, mais sa mère le questionnait par un sourire si doux qu'il lui dit les malheurs de sa vie.

— La cause de tous mes malheurs, reprit Trivulzio, c'est cette Léonie, cette jolie fille qui accompagnait Mme Templier à Orléans. Pour moi, j'avais l'air d'être avec Me Lachaud; la vérité, c'est que j'étais avec elle. Cette belle folie a duré près d'un an. Savez-vous mon chagrin ?

— Cette Léonie vous a trompé, prince.

— Oui, madame, moi qui me suis perdu pour elle. Mais mon chagrin, ce n'est pas seulement parce qu'elle m'a trahi; c'est parce qu'elle ne veut plus me voir.

— Cela n'est pas possible !

— Cela est ainsi.

— Et pour qui vous a-t-elle trahi, cette folle ?

— Pour celui-ci ou celui-là, mais au moins elle ne devait pas me fermer sa porte.

Mme Caroline Darblé s'indigna ; elle ne comprenait pas qu'un prince pût revoir une femme qu'il avait tant aimée et qui avait d'autres amants.

— O mon Dieu, dit Trivulzio, il ne faut pas chercher dans les femmes des anges de vertu. Quand on est dans la vie amoureuse, on se prend, on se quitte, on se retrouve, tout va bien. On ne demande pas des certificats de fidélité ; mais ce qu'il y a de révoltant, c'est de voir une créature comme Léonie, qui a jeté avec vous l'argent par les fenêtres, et qui refuse de vous ouvrir sa porte, parce que vous n'êtes plus cousu d'or.

— C'est donc une simple courtisane que cette Léonie ?

— C'est bien pis, c'est une courtisane compliquée ; figurez-vous qu'elle nage dans la fortune, qu'elle joue à la femme du monde, qu'elle reçoit à sa table les gens les plus célèbres, qu'elle a les plus beaux chevaux.

— O ces filles de joie, ce sont des filles de

malheur. Comment pouvez-vous penser encore à une pareille créature ?

— Ah ! voilà ce que vous ne comprenez pas, vous autres, bonnes femmes de la province. Une fois qu'une Parisienne a mis ses griffes sur le cœur d'un homme, il est cloué sur la croix comme Jésus-Christ entre les deux larrons.

Mme Caroline Darblé se rappela son amour pour son cousin.

— Ah ! je comprends ! Et par malheur, quand on est sur la croix, on ne se tourne pas vers le bon Dieu comme Jésus-Christ, on regarde toujours celui ou celle qui fait votre supplice. Je n'en reviens pas, prince, à la pensée que cette demoiselle Léonie fait des façons avec vous.

— Elle dit que nous avons bu toute la coupe, que ce n'est pas la peine d'y boire des larmes.

— Ah ! si vous retourniez chez elle avec beaucoup d'argent !

— Eh bien ! non, par malheur pour moi, elle est au-dessus de cela, elle va où il lui plaît d'aller et elle ne veut plus aller de mon côté.

— Alors, il n'y a plus rien à faire.

— C'est vrai, mais j'aime mieux mourir que de ne pas vivre avec Léonie. Je ne sens plus mon cœur ou plutôt je le sens trop.

Plus Trivulzio avait voulu oublier Léonie, plus il s'était réenchaîné dans ce souvenir magique. Elle avait été pour lui la plus adorable des maîtresses. Il ne se rappelait plus ses impatiences, non plus ses jalousies. Il la voyait dans l'auréole des femmes qui vous aiment.

Désenchanté de tout, ne croyant plus à rien, n'espérant pas reconquérir une fortune, il n'avait désormais qu'une idée : passer quelques jours avec Léonie, retrouver une heure du temps passé et mourir dans cette ivresse. Il disait : « Je suis venu au monde par une belle porte, je ne veux pas m'en aller par une porte triste. Mourir jeune, mourir dans un rêve d'amour, c'est bien mourir.

Mais Léonie ne voulut pas lui donner cette dernière heure.

Trivulzio avait du premier coup accepté les cinq cents francs de Mme Caroline Darblé.

Ce ne fut pas pour Léonie. Qu'eût-elle fait de cinq cents francs?

Et, d'ailleurs, elle était de celles qui acceptent des bijoux, des chevaux, un hôtel, quelquefois un intérêt dans le jeu de ces messieurs, — jeu de cartes ou jeu de Bourse, — mais elle n'acceptait jamais d'argent.

Le prince se servit des vingt-cinq louis pour

aller à un congrès qui rappelait de loin celui que Voltaire a si comiquement peint dans *Candide,* congrès de rois et de princes déchus. Quoique Trivulzio fût renié par son père, il prenait toujours rang parmi les princes de l'Europe qui, proscrits ou déshérités, ne désespèrent pas de voir des jours meilleurs.

III

ROIS SANS COURONNE

USQU'A la fin, Trivulzio joua son rôle de prince, aspirant à régner, même en ses plus tristes jours de déchéance. Voilà pourquoi il alla à ce fameux congrès de souverains sans souverainetés qui se tint l'an passé mystérieusement dans une ville du Nord.

Voltaire, qui est dans ses contes le plus grand comique du monde, a mis en scène dans « Candide, » avec son rayonnant esprit, le carnaval de la royauté, dans le carnaval de Venise.

Vous vous rappelez ces six étrangers qui étaient venus passer le carnaval à Venise. C'est Cacambo qui est l'échanson d'une de ces majestés anonymes. C'est une grande surprise quand, à la fin du souper, il vient lui dire :

— Sire, le vaisseau est prêt.

Les convives se regardent en silence. Un autre domestique prend la parole :

— Sire, la barque attend Votre Majesté.

Un troisième valet s'adresse au troisième étranger :

— Sire, Votre Majesté ne doit pas rester ici plus longtemps.

Même scène pour le quatrième et le cinquième domestique au quatrième et au cinquième étranger.

Candide ouvrait de grands yeux et de grandes oreilles, quand le sixième valet dit à son maître :

— Ma foi, sire, on ne veut plus faire crédit à Votre Majesté.

Ces six étrangers, c'étaient six souverains détrônés : Achmet II, ci-devant grand sultan ; Yvan, ci-devant empereur de toutes les Russies ; Charles Édouard, roi d'Angleterre ; suivaient deux rois de Pologne dont je ne sais plus les noms, enfin, le sixième avait été roi en Corse, sous le nom de Théodore Ier ; il avait fait frapper monnaie, mais il ne possédait plus un denier.

Ce n'était là que le commencement du carnaval

ou plutôt du mercredi des cendres des rois. Aujourd'hui, on ne compte plus les princes découronnés, sans parler de tous les faux princes qui font plus de bruit que les vrais.

Trivulzio eût été un vrai prince par substitution, quoiqu'il ne fût qu'un faux prince. Il avait d'ailleurs été pris au sérieux dans le camp désarmé des souverains sans couronne.

Après une présentation officielle, il avait pu se considérer comme appartenant aux familles princières de l'Europe. Aussi plus d'une fois s'était-il réuni aux rois détrônés, dans les conciles où on soulevait le voile sur les mirages de l'avenir.

Il y a dans le monde, et dans le demi-monde, tant de masques de toutes les couleurs, qu'on se demande où sont les figures. Il semble que nul ne consente à porter son nom sans lui donner un air héraldique, non plus qu'à porter sa tête sans lui donner un air de victoire. C'est à qui dérobera le rayon de la renommée sans en avoir les titres. Le siècle n'est plus aux humbles de cœur ni aux simples d'esprit. Les matamores ont pris le haut du pavé : tel est matamore parce qu'il fait courir ses chevaux et ses créanciers ; tel autre parce qu'il fait courir ses femmes ; celui-ci parce qu'il se bat bien en duel ; celui-là parce qu'il perd au jeu avec le

sourire du gladiateur. Chacun a sa marque glo-
rieuse.

Cet amour de paraître, affolement de ceux qui
ne peuvent pas être nous a valu des myriades de
faux princes, de faux marquis, de faux comtes, qui
prennent le haut du pavé parce qu'ils sont sur le
pavé ; c'est à ne pas y croire. Et pourtant on s'y
laisse toujours prendre dans ce Paris railleur et
sceptique.

Depuis le chassé-croisé des rois et des républi-
ques, les dépossédés du droit divin ou du droit de
conquête ont subi de telles variations dans leurs
fortunes qu'on n'a pas trouvé trop surprenant de
voir à Paris, à Rome, à Venise, de vrais grands
seigneurs réduits à jouer les derniers rôles au théâtre du monde, quand ce n'était pas sur le théâtre.

De tout temps, en revanche, nous avons vu de
faux Smerdis, de faux Démétrius, de faux Théo-
dose, de faux Dimitri, de faux Louis XVII, et
combien d'autres dupeurs, qui finissaient par être
dupés eux-mêmes en se prenant au sérieux.

Donc, il y eut l'an passé un congrès des rois et
des princes dépossédés.

Tous n'y vinrent pas — la salle n'eût pas été
assez grande — mais tous y furent plus ou moins
représentés.

10.

— Moi, dit un homme au masque romain, figure antique avec des yeux d'aigle, moi, je suis le
petit-fils de Napoléon, le petit-fils illégitime, disent les autres; mais ma figure me légitime et me
donne droit de cité ici, parce que je suis bien le
petit-fils de Napoléon. N'ai-je pas droit aussi à
une couronne puisque mon aïeul a donné aux
siens tant de couronnes en Europe?

— Vous m'avez, dit un autre, admis dans ce
conseil, dans ce congrès, dans ce cénacle des souverains déchus et des princes proscrits. Je vais
parler d'or. J'ai eu pour maître Machiavel; l'Italie
est le pays de la politique. Si un Italien ne vaut
pas deux hommes sur le champ de bataille, il en
vaut quatre avant et après la bataille.

— Moi, dit un autre, je suis prince royal de
Suède, fils héritier du roi Gustave-Adolphe IV, ar-
rière-petit-fils de Gustave Wasa. Si j'ai une destinée, elle parlera, mais je ne ferai rien contre mon
pays. Je me suis toujours résigné à l'exil, mais la
tête haute. Chaque fois qu'un nouveau roi de la
dynastie improvisée est monté sur mon trône, je
me suis contenté d'envoyer une protestation.
Après tout, cette couronne royale est une couronne d'épines, demandez plutôt à Henri V! Un
pas de plus, il redevenait roi de France et de Na-

varre. Au dernier moment, il a fait un pas en arrière.

— Moi, dit un autre, j'étais le roi du plus beau pays du monde. Ne vous rappelez-vous pas cette belle exclamation : Voir Naples et mourir ! Je voyais Naples et je vivais. Et c'est un poëte, c'est Alexandre Dumas qui m'a détrôné.

— Moi, dit un autre, j'étais roi en Allemagne, mais on a prussianisé mon royaume à ce point que je ne le reconnais plus. Toutefois je saurai un jour retrouver mon trône.

— Moi, dit un autre, je suis, comme vous, allié à toutes les maisons régnantes; comme à vous, tous les souverains me disent : mon frère. Je vais de cour en cour comme un roi en villégiature; je suis fêté partout, parce que je suis de bonne maison et parce que mes soldats futurs ne portent pas encore ombrage aux maîtres de ce monde. J'ai épousé la fille d'un roi, j'ai déjà marié une de mes filles à un roi.

— Oui, dit un autre à un roi comme moi, un roi sans royauté. Je trouve que nous prenons trop gaiement cette situation de souverains platoniques. Soyons enfin des hommes d'action.

— Je pique une tête dans cette opinion, s'écria un jeune prince.

A ce beau langage, vous avez reconnu Trivulzio.

Le prince se retrouvait dans son monde — selon son expression — il voulait amuser, par son franc parler, les représentants de la ci-devant dignité humaine.

J'ai dédaigné souvent, dans le récit de ses passions à l'emporte-pièce, de donner le mot à mot du langage de Trivulzio. On sait qu'il parlait comme un boulevardier, surtout quand il était en bonne compagnie. Il lui arrivait au contraire, quand il était avec ses camarades parisiens, de prendre avec une certaine pédanterie le pur langage des derniers salons.

Trivulzio était un homme tout moderne, que le contre-coup des événements, des opinions, des préjugés, avait façonné sur divers types.

Le caméléon est le symbole de tout contemporain. Nul n'est frappé à une forte effigie, nul n'est coulé tout d'une pièce. Il n'y a plus d'or sans alliage, dans la monnaie courante de l'humanité, il semble qu'on ne saurait que faire du pur lingot.

Le lecteur de roman, comme le spectateur à la comédie, aime qu'on lui représente des caractères. Si j'avais fait de Trivulzio un type de fantaisie, si je l'avais accentué dans sa manie de parler comme un cocher de fiacre, on m'eût crié bravo à chaque entrée en scène. Mais, par amour de la vérité, je l'ai peint tel quel, négligeant dans les scènes passionnées de reproduire tel et tel mot canaille, tombé de ses lèvres. Mais je ne puis pourtant pas m'empêcher de le représenter tel qu'il fut au congrès des souverains déchus.

Il fallait bien amuser la table verte qui s'ennuyait.

IV

Voici mot à mot le discours de Trivulzio tel qu'il fut rapporté à Paris par un prince de mes amis, un fils de roi régnant, qui avait eu ses entrées, — comme pour la comédie, — parmi les rois et les princes détrônés :

« Mes vieilles branches, branches aînées,
« branches cadettes, branches de toutes
« les paroisses,

« Nous avons reçu des coups de vent; les oi-
« seaux se sont envolés; la République, cette
« grande chabraque, nous a dit à tous : Tu peux

« te faire voir ailleurs, joue des flûtes sur la terre
« étrangère. C'est à s'en faire sauter le cylindre.
« Va comme je te pousse, nous sommes vannés.

« Ne nous reste-t-il donc plus qu'à étouffer
« quelques napoléons chez S. M. le roi de Mo-
« naco, parce qu'une foule de galvauds n'ont pas
« d'autre cause à plaider que la chute des rois et
« parce qu'ils ont une écrevisse dans la tourte ?
« Mais avec quatre hommes et un caporal nous
« leur ferons lâcher la rampe et nous brûlerons
« toutes les tribunes, ces tonneaux du coin, là où
« furent toutes les bastilles.

« Qu'est-ce que tous ces balconniers qui s'em-
« piffrent de veau froid, pour fraterniser avec les
« mal contents ? Ce sont des donneurs d'eau bé-
« nite de cour — d'assises.

« Croyez-moi, dès que nous parlons nous-
« mêmes, ils ont le trac.

« Tous ces mufletons qui se croient des apôtres
« et qui nous bêchent, ne sont montés à l'assaut
« que faute de monarques.

« Il faut que ceux qui en frappent les jettent
dans le troisième dessous.

« Quand on pense que nous autres, qui avons
« des étoiles au front, nous en serons réduits à
« coucher à la tolle, à Paris et ailleurs.

« Pour moi j'ai fait mon devoir.

« A plus d'un de ces happeurs de portefeuille,
« j'ai flanqué un pain sur la hure. Je leur coupe-
« rai bien les esgourdes à tous, mais qui voudrait
« de leurs oreilles ?

« Ah ! la fortune n'est plus une roulante pour
« nous ! c'est à peine si elle nous permet de por-
« ter une toquante pour marquer l'heure de la
« dèche et du déglingage.

« Nous nous montons encore le coup pour nos
« chimères, mais il pleut. A Chaillot les bons-
« hommes !

« Nous avons beau dire à la royauté : J'en
« pince pour toi, ma petite, viens percher avec
« moi ! La royauté se voile le front, parce qu'elle
« n'a plus de couronne ; elle finira par coucher à
« la corde et à danser sur la corde raide.

« Aussi, plus d'un de nous la trouve mauvaise
« et n'en a plus de gazon sur la fontaine.

« Ne désespérons pas, boulottons en douceur,
« on nous gobe encore. Il faut que chacun de
« nous refasse sa fortune en épousant une mar-
« mite capitonnée de pénots. Les écus sont des
« soldats. Pour moi, j'en suis à mes derniers
« ronds ; aussi je ne roupille pas sur le rôti, je
« joue des quilles pour faire mon chemin.

« Ne nous refusons pas ici le coco de la veuve.
« Que dis-je ? la veuve Coquelicot est détrônée
« comme nous : c'est le Mümm qui nous donne
« la gaieté. Des princes comme nous ne sont ja-
« mais paff : buvons le Mümm à la régalade.
« Nous avons cet avantage sur les augures,
« que nous pouvons nous regarder sans rire,
« parce que nous avons foi dans nos étoiles
« filantes ! Si on croit me donner le trac, on peut
« se fouiller, j'irai jusqu'au bout et encore plus
« loin.

« Tout pour les peuples, rien par les peuples,
« Le roi prime le droit, parce qu'il a le droit
« divin.

« Montesquieu, qui voulait nous donner tort, a
« fini par nous donner raison. Par malheur, Ma-
« chiavel est aujourd'hui de leur côté parce qu'ils
« ont les journaux ; mais nous avons l'almanach
« de Gotha ; ils ne savent pas la force de cette ga-
« zette qui a l'avantage de ne paraître qu'une fois
« par an. Quel est le démoc-soc le plus fier qui
« n'aimerait mieux voir son nom dans *l'Almanach*
« *de Gotha* que dans la *République* de l'incor-
« ruptible ?

« Fermons les volets sur cette trinquamelle,
« sur ces vistempenards, sur ces guenilleux. Ar-

« rière les trouillefous, les malsonnans, les tor-
« tionnaires, les sans-le-sou, les triquedondaines,
« balayons toute cette canaille spadonique, ces
« happesoupes, qu'il faut incornifistibuler dans les
« repaires de la vermine. Si nous voulions, tout
« cela ne serait que de la noisette : d'un seul coup
« d'escafignon je ferais rentrer sous terre ces ré·
« publicains d'aventure et tous ces potentailles
« d'occasion qui prennent notre place au soleil...
« mais n'ouvrons pas de parapluies et n'épluchons
« par d'oignons...

« Je sais bien que le métier de roi est une rude
« corvée; on y marchande nos heures de travail,
« on nous met sous clef dans une constitution
« renouvelée des Grecs; mais il faut faire la nique
« aux constitutions; les idiots s'y laissent pren-
« dre; mais les monarques par la grâce de Dieu
« passent à travers les constitutions comme un
« bourdon traverse une toile d'araignée.

« Là-dessus, je vous tends la cuillère. J'ai mis
« mes boîtes à violon pour une grande station. Je
« fumerai quelques sèches sur la route en votre
« honneur. Amen. Je me carapatte, ce qui veut
« dire je m'esbigne, en bon français de 1876. »

Ce fut un désarroi dans les esprits, quand on
entendit ainsi parler Trivulzio, car toutes les

majestés et toutes les altesses impériales ou royales parlaient à leur congrès la pure langue diplomatique créée par Louis XIV et imposée par Napoléon Ier.

Trivulzio ne s'éternisa point parmi les rêveurs de restaurations. Léonie lui tenait plus au cœur que sa principauté. Après avoir écrit à son ancienne maîtresse, il s'en revint à Paris par le train express pour tenter de reconquérir la belle courtisane.

V

PRINCE ET PRINCESSE

RIVULZIO, qui fuyait et cherchait Léonie, s'était imaginé qu'en lui écrivant, dans la compagnie de tant de princes illustres depuis Wasa jusqu'à Bourbon, il aurait encore quelque prise sur elle, car il la savait vaniteuse. Elle avait beau tourner toutes les têtes, elle n'avait pas de princes du sang à sa table. Or, voici ce qu'il lui avait écrit :

« Madame et ennemie,

« Nous sommes à Dresde, ni hommes ni fem-
« mes, tous souverains, mais souverains en va-
« cances. Nous avons tenu un congrès secret pour
« parler de notre interrègne : c'était la comédie

« de tous les princes déchus. Je suis le plus déchu,
« puisque je n'ai plus ma principauté ni ma maî-
« tresse. Mon véritable interrègne est chez toi,
« horrible et délicieuse Léonie ! Si tu voulais je
« reviendrais au pouvoir. Tu n'as qu'à dire un
« mot, je cours à tes pieds t'offrir ma couronne
« abracadabrante, qui finira par être une cou-
« ronne sérieuse.

« Prince Trivulzio. »

— Connu, connu, dit Léonie en lisant cette
lettre.

Elle la jeta dans un brûle-parfum où elle allumait tous les jours des déclarations d'amour et
des mémoires de blanchisseuse.

Elle daigna pourtant répondre à Trivulzio.

« Vous viendrez vous jeter à mes pieds, quand
« vous serez prince régnant.

« Léonie. »

Trivulzio s'en revint tristement à Paris, il avait
vingt fois tenté le siége de l'hôtel de Léonie, mais
c'était perdre son temps, car elle était devenue
femme de tête. Il lui fallait chaque fois se risquer
dans un duel avec les tenants de la dame qui fai-

saient bonne garde. Et d'ailleurs on sait qu'à Paris le dédain d'une femme c'est le grand mur de la Chine : on ne le franchit pas.

Le congrès de souverains déchus n'avait pas réconforté Trivulzio; il voyait plus que jamais le naufrage de son orgueil, de ses espérances et de ses illusions; plus il allait, plus il marchait dans la grande ombre de la mort. Un matin, après une nuit de fièvre, il résolut d'en finir, mais il avait toujours cette idée fixe de mourir dans les bras de Léonie.

Il prépara avec beaucoup de sang-froid, cet amoureux affolé, le dernier acte de sa vie. Il mit six cartouches à son revolver. Après l'avoir regardé de très-près, comme eût fait un armurier, il écrivit beaucoup de lettres. Quand on est jeune on croit aux adieux. Il n'écrivit pas à Léonie. Pourquoi ? Voici : il descendit au rez-de-chaussée chez la maîtresse d'hôtel, pourquoi ne pas dire chez sa mère?

Mme Caroline Darblé le reçut dans le petit salon.

— Écoutez, lui dit-il, je vais repartir ce soir ou demain, non pas pour aller à Dresde, mais pour un plus long voyage. Je crois à votre amitié, il faut que vous fassiez un miracle. Je ne partirai

content que si j'ai revu Léonie. Vous savez que
je ne puis aller chez elle, il faut que vous me
l'ameniez ici.

— Mais je ne la connais pas.

— Vous lui direz tout ce que vous voudrez.
Vous lui parlerez de moi. Vous inventerez une
histoire : dites-lui que je suis à toute extrémité.

Le prince prit les deux mains de la maîtresse
d'hôtel.

— Oh ! mon Dieu, mon cher prince, je ne demande pas mieux que d'aller voir cette demoiselle.
Je connais sa marraine, je lui dirai de m'accompagner.

— Pourquoi pas? Mme Templier est une bonne
femme, elle plaidera ma cause, je n'en doute pas.

Dix minutes après, Mme Caroline Darblé était
partie pour ce voyage *in extremis*. Elle passa par
la rue Billault et elle entraîna Mme Templier.

Elle avait revu l'ancienne sage-femme trois ou
quatre fois, depuis qu'elle était fixée à Paris, demandant toujours, mais en vain, si son fils ne
serait pas retrouvé. En raison de ses torts,
Mme Templier était charmante avec elle.

— Voyez-vous, lui dit-elle ce matin-là, je ne
vais jamais chez Léonie; mais, ma foi, M. Templier en dira ce qu'il voudra : puisque le prince

va mourir, je peux bien me hasarder. Il y a des circonstances où il faut sauter à pieds joints sur les convenances sociales.

On alla donc chez Léonie.

Son dernier amant l'avait logée rue de Lisbonne, dans un très-joli hôtel, en lui disant : « Vous êtes chez vous. » Et elle était bien chez elle.

Léonie ne voulut d'abord pas entendre parler du prince; mais, devant le tableau de sa mort, elle eut pourtant un battement de cœur.

— J'irai, dit-elle.

Elle promit d'être chez Trivulzio à midi. Elle avait une amie à déjeuner, mais elle la laisserait à table pour accomplir un devoir.

Mme Templier profita de sa visite forcée pour embrasser et réembrasser cette terrible filleule qui lui donnait tant de chagrin, mais qu'elle aimait toujours.

— C'est égal, dit Léonie en pleurant et en voyant pleurer sa marraine, nous nous aimons toujours à travers tout cela.

— Oui, oui, à « travers tout cela, » répéta Mme Templier.

Elle regardait Léonie avec une admiration attendrie. Elle se sentait mère, devant cette belle

créature, qui avait failli être préservée des tentations par le sentiment de l'art.

Ne pouvant lui parler de ses amoureux, elle lui
parla de ses tableaux.

— Est-ce que tu peins toujours, Léonie?

— Hélas! dit Léonie avec un profond soupir.

La courtisane ne tuait pas l'artiste en Léonie. Çà
et là elle se remettait à peindre. Quand elle dînait
et soupait en folle compagnie, il lui arrivait souvent de dessiner les convives sur la nappe avec
tout l'esprit de la caricature. Elle avait ébauché
des dessus de porte pour son salon et un plafond
pour sa salle de bains. C'était un joli bouquet d'o-
céanides toutes blanches nageant dans une mer
bleue. Je dirai comment ce plafond est aujourd'hui
chez moi. Quoique cette belle créature fût emportée
alors par les quatre chevaux de la vie à fond de
train, elle s'attardait souvent dans les régions de
l'art : c'était là l'horizon aimé comme le pays na-
tal. Point de dîner chez elle où elle ne réunît
quelques artistes, on la voyait à toutes les belles
expositions de l'hôtel Drouot; au dernier Salon,
elle se promena souvent le matin, prouvant aux
amoureux qui l'accompagnaient qu'elle en savait
beaucoup plus qu'eux sur le génie du dessin et
sur le rayonnement de la palette.

11

— Pourquoi ne peignez-vous plus? lui disait-on.

— Parce que je fais ma figure, répondait-elle.

En effet, il n'y a pas de milieu : quand on est femme artiste, si on aime le cabinet de toilette, on ne va plus dans l'atelier — et réciproquement. — Léonie, comme toutes ses pareilles, s'était trop acoquinée au cabinet de toilette, ce salon où l'on reçoit les intimes, dans une atmosphère d'eau de lubin et de poudre Oriza. Léonie se jurait bien de passer bientôt sans retour du cabinet de toilette à l'atelier, ne voulant pas continuer cette folle vie qui l'amusait et l'exaspérait en même temps.

VI

QUAND L'UN N'AIME PLUS L'AUTRE

 MIDI, Léonie arrivait à la maison meublée de Mme Caroline Darblé.

— Où est le prince? demanda-t-elle.

— Au premier, la porte à droite; voulez-vous que je vous accompagne?

— Non, dit Léonie qui ne s'imaginait pas trouver le prince tout seul.

Elle monta de son pied léger, — elle ne devait pas descendre de son pied léger.

A sa grande surprise, elle trouva le prince debout.

— Je vous croyais malade.

— Oui, bien malade, de ceux qui meurent dans leur lit.

La pâleur de Trivulzio fit croire à Léonie que c'était un malade qui cache son mal ; mais elle jugea qu'il n'était pas comme on le lui avait dit, à toute extrémité.

— Enfin, mon cher Trivulzio, quelle est votre maladie ?

— Ma maladie, c'est mon amour pour vous, je meurs de ne pas vous voir.

— Ce n'est que cela !

— Oui, ce n'est que cela, mais c'est tout.

— Léonie était restée à deux pas de la porte.

Le prince alla donner un tour de clef.

— Que voulez-vous faire ?

— Je veux vous voir avant de mourir.

Léonie eut peur ; un vague pressentiment l'enveloppa comme d'une robe funèbre.

— C'est toujours la même chanson, mon cher, qui est fini est fini.

— Ce n'est pas fini pour moi.

Trivulzio saisit la main de Léonie.

— Tu sais bien que je t'aime à en mourir.

— C'est la démence !

— Oui, mais qui m'a rendu fou, si ce n'est toi ?

— Voyons, mon cher ami, vieux habits, vieux galons, jetons toutes ces choses à la défroque. Redeviens un homme.

— Redeviens une femme.

Certes, celle-là était une femme s'il en fut. Elle n'avait jamais été si attrayante. Sa jeunesse éclatait comme un beau fruit sur la treille. Elle répandait le vif parfum des voluptés irrêvables.

Elle n'avait pas songé ce jour-là à jouer de l'éventail, tout son cortége de coquetteries était resté à la maison ; toutefois elle n'y avait laissé ni sa beauté, ni son charme.

Quoiqu'elle eût mis la première robe venue, elle avait comme de coutume cette haute élégance des femmes habituées au luxe, qui ont naturellement la sveltesse et le désinvolté. Elle portait ce jour-là une robe écrue, étoffe torchon, garnie de magnifiques valenciennes se détachant sur des flots de nœuds rouges. Vous savez, ces robes invraisemblables qui allument l'œil.

Léonie était coloriste, elle avait toujours le goût des palettes endiablées.

C'étaient les mirages de Watteau et de Diaz : l'harmonie dans l'éclat.

La coupe de sa robe, comme toujours, était d'une véritable artiste ; cette robe se mariait amoureusement au cou, mais elle se déployait comme deux ailes sur le sein.

Léonie, qui aimait la morbidesse dans la femme comme dans l'art, voulait toujours être femme en dépit de la mode : elle se moquait de ces costumes presque masculins de quelques femmes excentriques qui n'arrivent qu'à se donner l'air de grands garçons encarnavalisés.

Elle était donc adorable ce matin-là sans y avoir songé.

Ce fut un regret et une irritation de plus pour Trivulzio.

— Oh ! les ensorcellements de la femme ! se dit-il, en regardant Léonie des pieds à la tête.

Je n'ai parlé ni de son chapeau à fraises, ni de son petit pied provocant, niché dans un soulier de satin écru planté sur un talon rouge.

Comme elle marchait à petits pas dans la chambre, le prince regardait, avec un sentiment d'irrésistible volupté, la chair à travers les mailles de ses bas de soie.

C'était bien la Parisienne idéale.

Elle alla se pencher à la fenêtre pour voir ses chevaux qu'elle entendait piaffer.

Trivulzio s'approcha d'elle.

— Pourquoi n'as-tu pas renvoyé ta voiture ?

— Parce que j'ai des courses à faire.

— Ah! tu es attendue sans doute?

Le cœur de Trivulzio bondissait.

— Tu n'es montée ici qu'en passant, tu n'as donc plus rien pour moi ?

— Tu sais bien que les torrents ne remontent pas leur source. Je t'ai bien aimé, mais tu as tué mon cœur à Venise.

— Les amours comme le mien survivent à tout. Je t'en prie, Léonie, accorde-moi une gráce : passe l'après-midi avec moi, pour me sauver de l'abîme, car mon amour m'a donné le vertige.

— Si je suis l'abîme, tu auras bien plus le vertige encore. — Soyons bons amis, Trivulzio. — Ne recommençons pas l'impossible.

Elle tendit la main à Trivulzio ; elle vit sur la figure du prince une expression de colère.

Mais en même temps elle vit deux larmes dans ses yeux.

Un rayon du passé vint frapper son cœur ; un peu plus elle se jetait dans les bras du prince.

Elle lui dit simplement :

— Trivulzio, embrasse-moi.

Elle n'avait pas parlé, que Trivulzio lui avait pris la tête et l'avait appuyée sur ses lèvres.

Elle se sentit étouffée dans cette étreinte, tant Trivulzio était éperdu.

Que serait-il arrivé, si elle eût gardé le silence en montrant à Trivulzio son beau sourire ? Peut-être l'eût-elle désarmé.

Mais elle rejeta Trivulzio plus près de la mort, par ce mot d'une femme qui ne voulait pas s'attarder :

— Eh bien, maintenant, adieu !

Les chevaux piaffaient toujours.

— Voyons ! tu es un homme, reprends courage.

— Oui, courage, s'écria Trivulzio, en changeant de figure.

Il était indigné de cette impatience de Léonie.

— Va ! reprit-il, tu ne vaux pas mieux que toutes les autres. Vous faites toutes du passé un fumier. Tu y tomberas, sur ce fumier !

En disant ces mots, il prit son revolver sous le journal du matin.

Léonie aussi changea de figure.

Trivulzo ne fut pas touché de sa pâleur ni de son effarement.

Elle tendit la main pour le désarmer.

— Vois-tu, lui dit-il, on ne t'a pas trompée quand on t'a dit que j'étais condamné à mort. Je

suis condamné à mort par moi-même. Et il n'y
a pas de recours en grâce.

— Mon pauvre ami, songe que tu es né prince !
tu as l'avenir pour toi.

— Des phrases, des phrases, dit Trivulzio, ce
n'est plus le moment. Toi aussi, si tu voulais
m'aimer, tu aurais l'avenir pour toi. Mais tu n'en
veux pas, plutôt la mort.

Léonie ne comprit pas bien.

En ce moment on frappa à la porte.

— Va, dit Trivulzio, on ne te sauvera pas de
mes mains.

VII

LE MARIAGE DE TRIVULZIO ET DE LÉONIE

ÉONIE pensa que c'était le salut pour lui, car naturellement elle ne pensait pas à elle. Elle croyait que Trivulzio voulait se donner le luxe de mourir sous ses yeux ; aussi était-elle dans toutes les épouvantes, quand elle se précipita pour ouvrir la porte.

Mais Trivulzio la retint par sa jupe et lui fit faire violemment un demi-tour.

— Non, non, dit-il, il n'y a en ce monde que toi et moi.

Léonie cria, mais Trivulzio leva son revolver en lui disant :

— Un cri de plus, c'est fini.

C'était Mme Templier qui venait, tout inquiète, n'augurant rien de bon de ce rendez-vous ; elle savait Trivulzio violent, elle avait peur pour sa filleule.

— Ne craignez rien, lui disait Mme Caroline Darblé, si vous saviez comme le prince est charmant et comme il aime Mlle Léonie !

Mais Mme Templier se rappelait les scènes terribles de la seconde phase de leur amour.

— Je vous dis, madame, que je suis poursuivie par je ne sais quel pressentiment. D'ailleurs, puisque le prince est si malade, je serais bien aise de le voir, car nous nous connaissons.

— Pourquoi ne voulez-vous pas les laisser seuls un instant, ces amoureux d'hier qui seront peut-être des amoureux de demain ?

Mais Mme Templier savait que Trivulzio était la terreur de Léonie, ou tout au moins son trouble-fête.

Voilà pourquoi elle était venue frapper à la porte.

Elle écoutait de ses deux oreilles. Mais le prince et Léonie étaient dans la seconde pièce et elle n'entendait pas un mot.

Elle entendit le cri de Léonie, pourtant très-adouci d'ailleurs par l'espace.

Mme Caroline Darblé avait suivi Mme Templier.

— Il faut que cette porte s'ouvre, dit l'ancienne sage-femme.

— Ne vous impatientez pas, ils nous ouvriront tout à l'heure.

— Avez-vous une double clef?

— Oui, mais je ne veux pas m'en servir.

Un second cri retentit.

— Madame, courez chercher votre seconde clef, il y va du salut de tout le monde, même du vôtre.

— Que voulez-vous dire?

— Je veux dire...

Mme Templier voulait encore retenir le secret, mais elle laissa échapper ces mots dans son égarement :

— Cet homme qui est là enfermé avec Léonie, c'est votre fils : sauvez-le.

— Mon fils!

Mme Darbé se laissa aller dans les bras de Mme Templier.

— Mon fils! dit-elle encore.

Cependant la scène continuait entre le prince et Léonie : c'était le jeu terrible de l'amour ou de la mort.

Si Léonie n'eût pas été une nature franche et loyale, elle pouvait tout sauver par de vagues promesses, mais elle ne voulait ni tromper les autres, ni se tromper elle-même.

— Trivulzio, disait-elle, vous êtes mon ami, mais vous ne serez plus mon amant.

— L'amitié entre un homme et une femme, Léonie, c'est une tromperie. Tout ou rien, criait Trivulzio.

Léonie laissa tomber ce mot terrible, ce mot fatal, ce mot mortel :

— Rien !

Alors, Trivulzio ne vit plus en elle qu'une ennemie qui allait donner son amour, sa beauté, son esprit à tant d'autres, quand il n'aurait plus que l'aumône d'un souvenir.

Quoi ! ces cheveux dont les voluptueuses senteurs l'avaient enivré ; ces yeux profonds qui lui jetaient les désirs les plus allumés ; cette bouche rieuse qui lui avait juré que c'était pour la vie ; ce corps vêtu d'une chair de pêche ; ces ondulations et ces serpentements qui lui donnaient le vertige jusqu'aux portes de la mort, tout cela serait à tout le monde, rien de tout cela ne serait plus à lui !

— C'est fini, dit-il à Léonie.

Et il la mit en joue.

— Tes chevaux piaffent toujours, ils s'impatientent, mais ils ne t'emporteront pas.

Ce fut là le second cri.

— Moi aussi, Trivulzio! dit Léonie qui perdait la tête.

— Oui, toi aussi! T'imaginais-tu donc que j'allais me tuer comme une bête, à tes pieds, pour que tu inscrives ma mort sur tes tablettes? Ah! vois-tu, quand on a aimé Trivulzio, il faut savoir mourir.

Léonie voulut échapper à ce fou, mais il la retenait dans un bras d'acier. Et plus elle se débattait plus l'étreinte était terrible.

— Trivulzio, grâce pour toi comme pour moi!

Mais Trivulzio n'entendait plus rien, il avait donné des arrhes à la mort, il n'était plus maître de vivre.

— Trivulzio! Trivul...

Un coup de revolver retentit.

En ce moment deux femmes affolées se précipitèrent :

Ces deux cris sortirent de leurs poitrines haletantes.

— Mon fils!

— Ma Léonie !

Hélas ! Léonie était tombée sous le coup de revolver, frappée au front mortellement. Le prince, les yeux égarés, regardait Mme Templier et Mme Caroline Darblé.

Et les chevaux piaffaient toujours...

Mme Templier se roula sur Léonie avec des cris déchirants.

— Ma Léonie, ma Léonie !

Elle ne trouva pas un autre mot.

Léonie, qui s'agitait dans les dernières convulsions, sembla reconnaître Mme Templier ; elle lui serra la main en murmurant un seul mot :

— Madeleine !

Jamais on n'avait aimé une sœur comme Léonie avait aimé Madeleine.

Mme Caroline Darblé s'était jetée vers son fils :

— Tu ne sais donc pas que je suis ta mère ! lui cria-t-elle.

Trivulzio ne comprit pas sans doute. Mais après tout, puisqu'il était renié par le duc, puisqu'il n'avait pas connu sa famille, pourquoi cette femme toute sympathique ne serait-elle pas sa mère ?

Quoi qu'il en soit, cette révélation dans ce moment suprême ne le frappa guère. Mme Caroline

Darblé voulait le prendre dans ses bras, mais il la tint à distance par la main gauche, pendant que de la main droite il ajustait le revolver contre lui.

Il regarda Léonie : un regard d'amour, car il n'y avait plus de colère en lui. Pour quiconque eût bien étudié sa figure, il y avait le sauvage contentement de l'oiseau qui emporte sa proie. Il l'enlevait donc à ce monde de plaisir, celle qui avait été la joie de son cœur. Oh ! la jalousie.

Le cri de sa mère se perdit dans le coup de revolver et dans les sanglots de Mme Templier.

Trivulzio vint tomber à la renverse devant le corps de son ancienne maîtresse.

Toute égarée que fût Mme Templier, elle remarqua qu'il mordit la robe de Léonie.

Ce fut son dernier baiser.

— Mon fils ! mon fils ! criait Mme Caroline Darblé, le ciel ne m'avait donc pas assez punie ?

— Et moi ! dit Mme Templier.

Elle regardait Léonie comme dans un rêve.

— Est-il possible que ma seconde duchesse soit morte !

Oui, elle était morte, cette charmeuse Léonie, frappée dans sa beauté par un amoureux de sa beauté.

Elle fut belle jusque dans la mort. Mme Templier, tout en l'embrassant, l'avait barbouillée de sang ; mais elle lui lava la joue d'une main maternelle.

Pauvre enfant ! dit-elle en éclatant toujours dans ses sanglots, où est le temps où j'avais tant de joie à la faire belle !

Et elle regardait sa chère filleule déjà toute pour le tombeau.

— Mon fils ! mon fils ! criait toujours Mme Darblé.

— Cette fois, hélas ! dit Mme Templier, le voilà marié à Léonie !

VIII

CES HOMMES D'AFFAIRES?

NE heure après, l'avoué de Trivulzio venait pour le voir.

Mme Caroline Darblé, à demi morte, ne voulant pas survivre à son fils, conta à l'homme de loi, d'une voix coupée, ce qui s'était passé chez elle.

— C'est d'autant plus malheureux, dit l'avoué, que je venais lui donner une bonne nouvelle. Le duc de Marigny, dans la peur du procès, m'a envoyé aujourd'hui le marquis d'Armeville pour arranger.

— Ah! monsieur! monsieur! s'écria la maîtresse d'hôtel en jetant à l'avoué des regards terribles, pourquoi n'êtes-vous pas venu plus tôt?

L'avoué regarda froidement à sa montre.

— C'est vrai, dit-il, que j'aurais pu venir à une heure. Mais j'ai rencontré un de mes amis qui m'a retenu deux heures, en déjeunant, par ses discours politiques.

A quoi tiennent les destinées d'un prince et d'une courtisane !

IX

CES DEMOISELLES

O N soupait au café Anglais ; il y avait là la Salamandre et la Taciturne, deux contrastes, Mlle Margot, Mlle Fleur-du-Mal, Mlle Nini, la Tapageuse, Mlle Cigarette, Mlle Jenesaisquoi, Mlle Revolver : tout un bouquet de fleurs. Le côté des hommes était irréprochable : tous plus ou moins crevés ou crevants — des hommes nés pour se battre sur un champ de bataille, mais ne sachant pas se défendre dans la bataille de la vie.

— Qui est-ce qui dit quelque chose de gai? dit Mlle Revolver.

La Salamandre lui jeta un grain de raisin.

— Quelque chose de gai, écoutez : C'est un re--
volver comme toi qui a tué hier Léonie.

— Ah! oui, la belle Léonie, parlons-en!

— Voilà ce que c'est que de faire des manières
avec les princes.

— Oui, elle lui a résisté, il l'a assassinée. (Antony. Scène dernière. Alexandre Dumas.)

— Est-ce le père ou le fils ?

— Qu'est-ce que cela fait?

Fleur-du-Mal fit remarquer que cette petite affaire avait été proprement faite.

— Voilà comment je désire mourir, pas une
seconde d'agonie.

— Je voudrais bien t'y voir, dit Mlle Cigarette,
qui fumait un cigare. Moi, je veux avoir le temps
de faire un testament.

— C'est Trivulzio, s'écria la Salamandre, qui
n'a pas eu besoin de faire un testament.

— Je crois bien, dit un de ces messieurs, toi et
tes pareilles l'ont mangé en herbe.

— La Salamandre riposta.

— Toi, je ne te mangerai pas en herbe, car tu
n'as plus de gazon sur la tête.

— Oui, mais j'ai du foin dans mes bottes.

— On ne s'en douterait pas, tes chevaux meurent de faim.

— Ça ne m'empêchera pas d'acheter ceux de Léonie.

— A propos, qui est-ce qui va hériter de Léonie ?

— On 'dit qu'elle laisse pour trois cent mille francs de diamants.

— Allons donc, dit la Tapageuse, c'est comme les vers luisants, ça brille de loin, mais quand on y touche, il n'y a plus rien.

— C'est égal, reprit un de ces messieurs, je vous conseille, mes belles amies, d'hériter de la figure et des cheveux de Léonie. On vous a comparées, vous autres, aux courtisanes antiques. Mais vous n'êtes que de jolies cocottes habillées comme des poupées, tandis que Léonie était une Phryné et une Aspasie.

Cigarette, impatiente, dit à l'auteur de cette oraison funèbre :

— Va-t'en la déterrer !

— D'où venait-elle, cette fille ? demanda Mlle de Jenesaisquoi.

— Oh ! je le sais bien, répondit la Salamandre, c'était la filleule de ma tante Templier, qui l'avait élevée avec Madeleine, cette cantatrice qui a fait du bruit en Italie et qui a quitté le théâtre pour le couvent. A la bonne heure, celle-là était souverai-

nement belle, mais Léonie n'était qu'une demi-
beauté.

— Oui, peut-être, dit un de ces messieurs, mais
elle avait l'art de paraître belle.

— Je crois bien, elle faisait sa figure.

— Elle avait appris à peindre tout exprès pour
cela.

— Si on l'avait exposée, elle aurait eu le prix du
Salon.

— *Requiescant in pace*, dit la Taciturne, qui
avait ajouté un mot à son répertoire.

— Enfin, dit Mlle Margot, *ci-gît* une belle fille ;
elle est morte, nous pouvons bien lui rendre justice.

— Oh! ce mot n'a pas cours ici, dit l'homme au
foin dans ses bottes.

— Pourquoi donc?

— Parce que, si on vous faisait justice à toutes,
vous ne seriez pas devant nous.

— Ah ça! d'où vient-il, celui-là?

— Je reviens de loin, mesdames; je vous connais du haut en bas : si je voulais vous démasquer
ici en contant une histoire de chacune de vous,
vous rougiriez, vous qui ne rougissez plus.

Toutes ces demoiselles se regardèrent, à la fois
surprises, inquiètes et insolentes.

— Au rideau ! au rideau ! cria la Salamandre.

Elle commençait à regretter d'être venue dans un souper où il y avait tant de femmes.

— Une seule histoire, reprit l'homme au foin dans ses bottes ; je ne dirai pas à laquelle de vous elle est arrivée ; écoutez bien :

« Un noble étranger est venu passer son dernier hiver à Paris ; une fille à la mode lui a plu : il l'a prise chez lui ; elle l'a bientôt dominé, à ce point qu'après lui avoir donné tout ce qu'il avait sous la main, il lui a fait un testament, où il lui donnait un million ni plus ni moins. »

Les soupeuses se regardèrent, comme pour deviner cette bienheureuse entre toutes.

— Je continue : Savez-vous ce que fit cette affamée ?

« Le noble étranger était à sa troisième jeunesse. La sagesse était d'attendre patiemment qu'il s'envolât pour l'autre monde.

« Mais la demoiselle n'en jugea pas ainsi : un million aujourd'hui vaut mieux que deux millions demain.

« Elle empoisonna son homme.

« L'arsenic ne fut sans doute pas versé à point, car le testateur en revint. Le médecin parla, la justice accourut. L'homme empoisonné pria la justice de le laisser seul avec la dame de ses pensées.

« — Pourquoi m'as-tu empoisonné, mon ado-
rée?

« — Parce que tu as été bête.

« — Explique-toi.

« — C'est bien simple. Il fallait me donner le
million tout de suite ou plutôt me donner cent
mille francs par an toute ta vie. Au lieu de te
donner de l'arsenic, je t'aurais donné de la tisane,
parce qu'au fond je t'aime bien. Et puisque nous
parlons à cœur ouvert, écoute bien : il n'y a pas
une femme à Paris, depuis le demi-monde jusqu'au troisième dessous, qui ne pense comme
moi. Seulement toutes n'ont pas le courage de
leur opinion.

« Quand le commissaire de police reparut, le
noble étranger lui dit qu'il s'était empoisonné lui-
même parce que sa maîtresse lui avait fait du
chagrin. Mais il allait faire un testament qui la
forcerait d'être sage à raison de cent mille francs
par an pendant toute sa vie à lui. Le commissaire
de police ne trouva rien à répondre. »

L'homme — au foin dans ses bottes — salua
la Salamandre et lui demanda comment elle trouvait cela.

— Est-ce que tu t'imagines que j'ai écouté? lui

cria-t-elle avec sa belle impertinence. Ce sont des contes à dormir debout. Il faudrait pour cela avoir les pieds de la Tapageuse.

La Tapageuse ne fut pas longue à jeter ce mot à la Salamandre :

— Ça n'empêche pas que tu es dans tes petits souliers.

X

LA SALAMANDRE EN SA TROISIÈME MANIÈRE

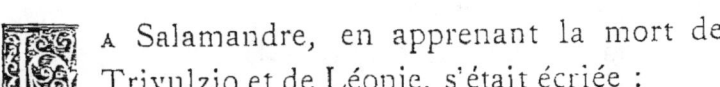 A Salamandre, en apprenant la mort de Trivulzio et de Léonie, s'était écriée :

— La mort de Léonie me console de la mort de Trivulzio. Cette fille-là me prenait ma place au soleil.

Dans ce monde-là, pourtant, le soleil luit pour tout le monde.

— C'est dommage, reprit Mlle Héloïse, cette Léonie était digne de moi pour dominer son monde. Ah! si elle avait voulu faire une alliance offensive et défensive, nous aurions vaincu sur toute la ligne. Deux femmes comme nous seraient maîtresses du monde.

Elle ne pardonnait pas à Trivulzio de ne pas lui avoir dit un mot de ses desseins tragiques. Elle nourrissait secrètement l'idée de se faire épouser par lui.

— Non pas, disait-elle à sa mère, pour l'avoir sur les bras, mais pour être princesse.

— Oui, dit Mme Suzanne, c'eût été une belle fin. Il fallait me parler de cela plus tôt; mais console-toi, si tu veux être princesse, il n'y a pas à désespérer, car nous avons encore beaucoup de princes sur le pavé. Si tu y tiens, pour douze mille livres de rente, tu porteras une couronne fermée.

La Salamandre se récria.

— Douze mille livres de rente!

— Es-tu bête! tu ne payeras que la première année.

La Salamandre a fait l'hiver passé un voyage en Russie pour jouer la comédie du mariage. Elle se croit maintenant une femme du monde, dans sa cour d'amoureux. J'ai dit déjà cette histoire :

Elle joue l'héroïne à la Shakespeare, avec les pâleurs rosées, l'air romanesque, la bouche entr'ouverte par le sourire, les cheveux blonds toujours en rébellion, la désinvolture chaste et voluptueuse à la fois. Avec cela de l'esprit parisien à pleines mains; des mots canailles tombent de

cette belle bouche comme des crapauds des lèvres
de la princesse des contes de fées. Elle a autant
d'abandon que de perversité ; elle est toujours
prête à la trahison, mais avec des larmes de repentir.

Elle a enfin appris l'art de pleurer.

Elle est revenue de son voyage en Russie, en
disant que son mari, le prince ***, était à la guerre.
Elle porte l'absence en rose. Quand on est bien
amoureux d'elle, elle ne vous dit pas comme cette
actrice célèbre : « Jetez-vous par la fenêtre pour
me prouver votre passion. » Mais elle vous dit :
« Si vous m'aimez tant, donnez-moi la seule
chose que j'envie sur la terre, c'est une perle rose
incomparable qui est chez un joaillier et qui me
donne soif comme à Cléopâtre. »

Elle conduit l'amoureux chez le joaillier.

Le joaillier, c'est toujours Mme Suzanne.

L'amoureux est ravi lui-même de cette mer-
veille qui semble tombée du sein de Vénus après
y être restée un peu plus longtemps que les autres
perles. Comment refuser une si belle chose à une
si belle femme, d'autant plus que la rose ne coûte
que dix mille francs ?

Il n'y a pas d'amoureux au col cassé qui ne
puisse aller jusque-là, d'autant plus que le joail-

lier compte une signature comme de l'argent comptant. Voilà donc la perle achetée.

Au bout de quelques jours, l'amoureux s'étonne de ne pas la voir au cou de la dame.

— Oh non ! lui dit-elle, j'ai écrit aux Indes pour qu'on m'en trouve une pareille, j'en veux faire deux pendants d'oreilles dignes d'une reine ; seulement, je vous supplie de garder le secret jusqu'au jour où j'aurai les deux roses.

Et tout en parlant ainsi à celui-ci, elle dit à celui-là, toujours mystérieusement :

— Ah ! mon ami, puisque vous m'aimez tant, faites-moi une grâce ! Il y a chez mon joaillier une perle rose qui vaut cent mille francs et qu'on me donnerait pour dix mille ; mais les robes coûtent si cher que je n'ai plus de quoi acheter ni diamants, ni perles ; donnez-moi ce joyau qui manque à ma couronne.

Et celui-ci comme celui-là se laisse conduire chez le joaillier.

— N'est-ce pas, mon ami, que c'est un miracle ? Voilà qui est du plus bel Orient. L'aurore du vieil Homère n'en a jamais jeté de pareilles dans les roses qui tombent de ses doigts.

Naturellement le second fait comme le premier, il se laisse prendre à la poésie et au mirage.

Un troisième survient, non moins enthousiaste, puis un quatrième, puis un cinquième et c'est toujours la même histoire.

— Surtout [gardez-moi le secret jusqu'au jour où je recevrai une autre perle du fond des Indes.

Donner une pareille perle à une femme, ce n'est pas lui donner de l'argent; c'est décrocher une étoile du ciel, c'est couper une rose dans le jardin des califes.

Toute cette petite comédie est si bien menée, qu'on s'imagine être le privilégié par excellence.

Qui ne s'estimerait heureux de faire la joie de ces beaux yeux bleus qui font rêver à toutes les poésies?

D'autant plus que la dame est du plus beau désintéressement! « Je ne suis pas une femme entretenue, » dit-elle à tout propos.

C'est à peine si elle daigne accepter un bouquet, mais elle refuse obstinément d'accepter quoi que ce soit, — sinon la perle rose.

Or, savez-vous combien de fois, en une saison, le joaillier a vendu la perle rose? Vingt et une fois! Total deux cent dix mille francs que la Salamandre a prélevés sur l'amour de son prochain. Mais elle est si blonde! *couleur de feu*, comme elle dit.

Quand on voit ainsi la Salamandre mettre au

pillage les fortunes parisiennes et étrangères, on
est tenté de croire à sa fortune. Mais, qui prend
tout ne garde rien. Héloïse se fait un [jeu de l'argent. Elle joue avec les billets de banque comme
avec les bouquets qu'on lui donne. Elle change
de robe comme d'autres changent de chemise.
Elle maquignonne ses chevaux comme sa mère
maquignonne ses filles. Elle aime avec fureur le
baccarat qui la trahit toujours. Un banquier célèbre, qui porta le nom d'un homme d'esprit, a
dit : Je ne suis pas assez riche pour aimer la Salamandre. Ne vous étonnez donc pas si un jour
on vous demande une botte de paille pour donner
un dernier lit à ce joli monstre. Mais, ses amoureux diront jusqu'à la fin : Elle est adorable avec
ses grands yeux noyés dans la volupté des passions perverses !

X I

LES OCÉANIDES

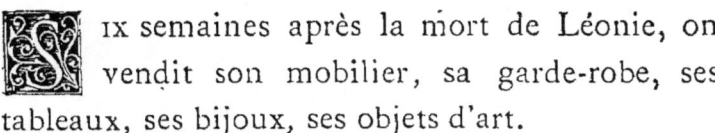IX semaines après la mort de Léonie, on vendit son mobilier, sa garde-robe, ses tableaux, ses bijoux, ses objets d'art.

Mme Templier aurait bien voulu tout avoir comme souvenir de celle-là qu'elle avait tant aimée, car de ses trois duchesses Léonie avait été la plus chère à son esprit sinon à son cœur, parce que celle-là avait quelque chose de sa nature rieuse et insouciante. Ce n'était que par la raison qu'elle appréciait plus Madeleine; mais l'enfant gâté des deux avait été Léonie.

Elle eut beau réclamer au moment de l'inventaire, on lui fit comprendre qu'il fallait que la justice passât par là, puisque sa filleule n'avait ni père ni mère. L'ancienne sage-femme n'eut que la consolation de racheter à la vente ce qui lui rappelait le mieux la pauvre morte.

Tout le Paris curieux était ce jour-là à l'hôtel de Léonie. Voilà pourquoi son petit plafond des Océanides est venu jusqu'à moi. C'est du Lehmann retouché par Chaplin ou plutôt du Chaplin brouillé avec du Lehmann.

Cette belle Léonie que nous avons tous connue est aujourd'hui elle-même une océanide, puisqu'elle nage dans l'océan des choses; seulement la draperie qui flotte autour d'elle est marquée de quelques gouttes de sang.

LIVRE VI

LES MIRACLES DE MADELEINE.

I

LES ENFANTS PERDUS.

MADELEINE avait dit qu'elle se ferait sœur de charité pour venir veiller son père. Ce fut cette grande œuvre de piété qui ramena l'esprit de Dieu dans l'âme du duc de Marigny et qui chassa de son cœur cet amour coupable qu'il n'avait pu vaincre, — cet amour qui épouvantait Madeleine comme une punition du ciel.

Aussi, dès que M. de Marigny reconnut Madeleine dans sa pieuse métamorphose, il lui tendit les bras et s'écria :

— Ma fille !

Cette fois c'était bien sa fille. Toutes les rêveries coupables d'un amour impossible s'évanouirent comme les nuées sous le soleil.

— Ma fille! dit encore le duc.

Et il la regarda doucement avec le souvenir de la duchesse de Marigny.

— Oui! c'est elle, je retrouve ta mère en toi, Madeleine. C'est beau, ce que tu as fait là, mais ce sacrifice sera au-dessus de tes forces : tu étais trop belle pour mourir ainsi en pleine jeunesse!

— Ne me pleurez pas, mon père, dit Madeleine. J'ai déjà traversé la mort. Je suis dans la résurrection.

Ce fut une autre résurrection pour le duc de Marigny : la beauté, la douceur, la grâce de Madeleine firent ce miracle qu'il reprit courage à la vie, et qu'il se releva pour quelques années.

— Enfin! lui dit le marquis d'Armeville, vous voilà sur vos pieds.

— Oui! répondit-il à son ami, mais pour ne heurter que des tombeaux.

Ce qui paraîtra étrange, mais ce qui pourtant est bien humain, c'est que le duc de Marigny, un inquiet s'il en fut, regretta Trivulzio et Mathilde.

Ils avaient eu beau agiter et irriter sa vie, ils avaient eu beau payer ses bienfaits et son amitié

par la plus impertinente ingratitude, il aurait
voulu qu'ils fussent encore là. C'est qu'on ne
supprime pas de son cœur des figures jeunes et
riantes, qui ont chanté nos espérances. Le duc se
rappelait que cette Mathilde, qui avait jeté aux
vents toutes les dignités de la femme, était pourtant pleine de promesses en sa seizième année :
beaucoup d'esprit et beaucoup de grâce, des impatiences terribles, mais de doux quarts d'heure
d'abandon.

Pareillement était Trivulzio.

— Ah ! s'écria le duc, ce qui a manqué à ces
enfants-là, — à ces enfants-là de l'amour — c'est
la mère.

Et c'était lui seul qu'il accusait.

Le duc de Marigny était sur pied, mais nul ne
consolait son cœur, pas même son ami d'Armeville, pas même Madeleine !

II

LA MAISON DES FOUS

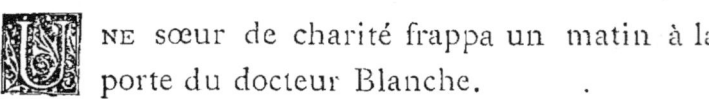

UNE sœur de charité frappa un matin à la porte du docteur Blanche.

Tout le monde connaît le docteur Blanche, un sage qui s'est tourné vers la folie. Sa maison est une maison de fous, mais il dit tout haut que les sages font plus de mal que les fous, parce que les sages sont des acteurs dans la vie, tandis que les fous sont des comédiens platoniques. Qu'est-ce que la théorie sans l'action ?

Ce galant homme s'il en fut aime donc les fous. Il a été en fraternelle intimité avec Antony Deschamps et Gérard de Nerval, deux poëtes qui ont eu trop souvent le vertige. Il les a traités à peu

près comme il eût fait des philosophes du portique,
ou des sept sages de la Grèce — à cela près qu'il
fallut, en certaines nuits de fièvre chaude, les en-
chaîner dans la camisole de force ; — mais le reste
du temps, il était de moitié dans leur rêverie. Il
croit fermement qu'il n'y a pas beaucoup plus de
ténèbres dans l'imagination des fous que dans
celle des sages.

Beaucoup d'autres hommes célèbres ont passé
chez lui quelques jours de défaillance. Si on les
eût conduits à Charenton, ils y seraient encore.
Mais, grâce au docteur Blanche, qui est un hu-
manitaire ou un sympathique, ces hommes célèbres, après une première chute dans les pays
nocturnes, ont pu retourner chez eux et continuer
l'œuvre de la plume ou du pinceau. Il n'en a rien
dit à personne, car un homme accusé de folie est
toujours à moitié fou, du moins pour les sages.

Quand la religieuse fut entrée, on la conduisit
à M. Blanche.

C'était une jeune fille qui restait belle sous le
jeûne, la prière, le renoncement. La beauté de
race survit à tout, parce que c'est la beauté des
lignes, de la fierté dans la douceur, de la force
d'âme dans la résignation.

Il y a des figures que Dieu a marquées.

Le docteur fut touché à la vue de cette sœur de charité. Comment une jeune fille d'une beauté éclatante avait-elle pu abdiquer ses droits à tous les triomphes !

Mais, naturellement, M. Blanche n'interrogea pas la sœur de charité :

— Ma sœur, lui dit-il avec une douceur toute paternelle, j'ai ici beaucoup de malades qui se sont tournés vers Dieu, voilà pourquoi j'ai demandé aux deux sœurs qui sont ici d'en appeler une troisième.

— Docteur, répondit la jeune fille, je suis bien heureuse de ne servir que des conversions toutes faites, car je suis à peine au seuil de l'Église.

— Oh ! vous autres, vous avez des miracles plein les mains ; combien de fois, quand les fous sont au paroxysme de la colère, une de vous n'a eu qu'à se montrer pour apaiser toutes leurs fureurs. C'est l'esprit de Jésus apaisant les flots.

— C'est que nous avons la foi, docteur, c'est que, pour les fous eux-mêmes, une pauvre sœur de charité est une sœur.

— Oh ! oui, les fous reconnaissent bien le sacrifice où il est. Allez, ma sœur, vous êtes chez vous ; voici là-bas une des vôtres qui vous dira ce qu'il y a à faire.

La jeune religieuse était au milieu du jardin, elle rencontra trois ou quatre fous qui la regardèrent avec sympathie, mais l'un d'eux dit tout haut :

— Que vient-elle faire ici ? Nous sommes des philosophes revenus de toutes les supertitions.

— Pauvre fille, dit un autre, c'est encore une victime cloîtrée.

La religieuse fit le signe de la croix.

Les trois promeneurs firent le signe de la croix, comme trois soldats qui obéissent au commandement.

— Pourquoi fais-tu le signe de la croix, toi ?

— Et toi ?

— Et toi ?

— Moi, c'est parce que j'ai lu la *Vie de Jésus.*

— Moi, c'est pour faire comme tout le monde.

— Moi, c'est par souvenir de ma mère qui m'a appris ça.

La religieuse s'approcha de ce troisième promeneur.

— Monsieur, lui dit-elle doucement, avec le sourire des anges, si vous avez eu le bonheur de connaître votre mère, si votre mère vous a appris le signe de la croix, pourquoi êtes-vous ici ?

— Ma sœur, c'est parce que je suis un philosophe.

Les deux autres fous s'étaient éloignés.

La religieuse regarda celui qui parlait ; c'était un homme jeune encore qui avait des cheveux blancs.

— Eh bien ! monsieur, reprit-elle, si c'est ici la place des philosophes, ce n'est pas ici la place des chrétiens qui ont la foi ; retournez-vous vers Dieu en pensant à votre mère : les portes s'ouvriront devant vous ; vous rentrerez dans le monde la tête haute.

Le promeneur parut à la fois joyeux et inquiet.

— Oui, je voudrais bien m'en aller, mais que deviendra ma théorie de l'incommensurable ?

— Vous la retrouverez dans l'Évangile.

— Vous croyez, ma sœur ? A quelle page ?

— A toutes les pages.

Le docteur Blanche était revenu, curieux d'écouter la causerie en plein vent de la religieuse et du philosophe.

— Docteur, dit la sœur de charité, voilà un homme sauvé ; il va retourner chez lui avec l'Évangile sous le bras.

— Oui, oui, oui, mon cher ami, dit le fou qui ne demandait qu'un peu de lumière dans ses ténè-

bres. Je vous promets de ne plus monter si haut
pour fixer le soleil.

La sœur de charité salua le fou redevenu sage :

— Rappelez-vous la parole de Jésus : Bienheu-
reux les simples d'esprit.

Les deux autres promeneurs se rapprochaient.

— Non ! non ! Je ne veux plus les voir, dit le
philosophe de l'incommensurable. Je veux m'en
aller avec la religieuse.

— Courage ! ma sœur, dit le docteur Blanche
à la jeune sœur de charité, vous allez faire mer-
veille ici.

— Docteur, je ferai selon mon cœur. Je n'ai
parlé à cet homme que parce qu'il a parlé de sa
mère. Je crois que c'est par la douceur qu'il faut
traiter la folie. Les blessures de l'âme sont comme
les blessures corporelles, les meilleurs médecins
sont les plus doux. Je puis bien vous dire cela,
docteur, à vous qui êtes l'exemple de tous les dévouements.

M. Blanche fut ravi de voir entrer chez lui une
religieuse qui parlait si bien par sa figure et par
sa voix. Une hirondelle effleura alors la sœur de
charité.

— Ma sœur, lui dit-il, vous serez comme cette
hirondelle, vous porterez bonheur à ma maison.

III

LES PARFUMS DE LA GRACE DIVINE

L A religieuse était là depuis quelques jours, quand on ramena un jeune homme qui deux fois déjà s'était enfui de la maison.

On disait que c'était un artiste. Un de ses amis l'avait interné en le recommandant au docteur Blanche, comme un homme d'élite. Il ne débitait que des folies. Le voyant très-doux, même dans les heures de surexcitation, on lui avait laissé beaucoup de liberté. Voilà pourquoi il s'était enfui. Une première fois il était revenu tout seul, ce qui semblait d'un bon augure, mais la seconde fois, il avait fallu le ramener moitié de gré, moitié de force.

— Monsieur, dit au docteur un des domestiques de la maison, on nous ramène ce fou qui fait des caricatures dans toutes les allées.

Le docteur était à déjeuner.

— Je ne sais pas d'où vient celui-là, dit-il à ses convives.

Il ordonna à son domestique de questionner celui qui ramenait le faiseur de caricatures.

Cet homme revint bientôt en disant que c'était l'ami d'un ami du frère du docteur : aussi M. Alfred Blanche devait lui en parler.

Voilà tout ce qu'on apprit. Le même jour les deux frères se rencontrèrent, mais M. Alfred Blanche dit au docteur qu'il ne connaissait pas ce fou dont on ne lui avait pas dit un mot.

Le docteur, le jugeant digne par sa figure de ses convives habituels, lui fit toutefois .ce jour-là, à dîner, les honneurs de sa table.

C'était un silencieux ; on eut beau le questionner, il ne répondit pas. Quand on parlait, il écoutait d'un air anxieux comme s'il dût entendre quelque chose qui le touchât au cœur.

Mais si on lui demandait comme aux autres ce qu'il pensait de ceci ou de cela, il répondait en dessinant dans l'espace.

Le lendemain, celui qu'on appelait le Silencieux

ne voulut pas descendre de son lit, disant que ce n'était pas la peine, à moins que ce ne fût pour se jeter à l'eau.

Et, en effet, dans la matinée, s'imaginant qu'il était en pleine mer, il tenta plusieurs fois de se précipiter par la fenêtre. Une sœur de charité fut appelée pour l'apaiser. Mais elle eut beau prier Dieu, tout en suppliant le Silencieux de se résigner, il ne voulut rien entendre.

Le docteur Blanche vint pour l'étudier de près. On voyait qu'une idée fixe soulevait son front et allumait ses yeux.

— Cet homme est très-malade, dit le docteur en lui tâtant le pouls ; on aurait bien dû me l'amener plus tôt, car il est à son troisième accès.

Et après avoir observé les yeux du fou, il reprit :

— Il ne nous voit pas, son regard est pris par je ne sais quelle image qui le ravit et l'épouvante à la fois.

La sœur de charité s'était approchée.

Le docteur la regarda.

— Celle-là, pensa-t-il, ne fera pas de miracle.

Le docteur était de ceux qui croient qu'il y a des vocations. Pour lui la première venue ne pouvait pas plus faire une sœur de charité qu'un

banquier ne peut faire un apôtre, ni qu'un maçon
ne peut faire un poëte.

Or, en regardant la sœur de charité, il reconnut
en elle une de ces bonnes figures prédestinées à
toute autre chose qu'au sacrifice. Celle-là n'avait
pas la lueur sacrée.

Aussi le docteur, prévoyant dans le fou qui était
là une de ces crises fatales qui font vivre ou qui
font mourir, pria la sœur d'aller chercher la nouvelle venue.

Depuis son arrivée, la jeune religieuse avait fait
une révolution, tant elle avait adouci les plus em-
portés et charmé les plus furieux. Un rayon d'es-
pérance avait passé sur toute la maison. Il y a
ainsi par le monde des figures douées, qui répan-
dent le parfum des grâces divines. Pourquoi celles-
ci plutôt que celles-là ? C'est le secret de Dieu.
Toutes les femmes sont la même, a dit un philosophe. C'était une bête que ce philosophe : entre
deux femmes, il y a souvent un abîme et un sommet : l'abîme du mal et le sommet du bien.

IV

LE PORTRAIT DE MADELEINE

 A jeune religieuse fut bientôt dans la chambre du Silencieux.

— Ma sœur, lui dit le docteur, vous faites bien de venir ici ; quand les fous tombent dans le silence, c'est déjà le silence des morts. Celui-ci qui ne nous voit pas et qui ne nous entend pas, est dans un état désespéré.

Quand le docteur parlait ainsi, la religieuse était encore au seuil de la porte, devant le chevet du lit du Silencieux.

Ce jeune homme, à demi soulevé, regardait devant lui, avec une attention fiévreuse, avançant la tête et la rejetant en arrière.

La sœur de charité l'observait sans voir sa figure; elle s'étonnait qu'une si belle chevelure blonde, toute bouclée, comme celle d'un enfant, couvrît la tête d'un fou.

Le lit était tourné vers la fenêtre.

— Je ne veux pas de soleil, dit tout à coup le Silencieux.

— Le voilà qui parle; [c'est grâce à votre influence, ma sœur.

— Il ne m'a pas encore vue.

— Attendez. Pas un mot. Écoutons-le.

Le Silencieux ne parla plus. Il leva la main et dessina dans le vide, mais si correctement que M. Blanche dit bientôt :

— Il me semble que c'est une figure de femme.

— Oui, dit la sœur de charité par un signe de tête.

Le docteur sonna et demanda du papier, un crayon ou une plume.

— Voilà, dit-il bientôt au Silencieux, de quoi faire le portrait.

Le fou parut ne pas entendre, mais il prit le papier et le crayon qu'on lui présentait. Son genou lui servit de chevalet. Il leva la tête au ciel, comme pour bien se souvenir.

— C'est cela! dit-il avec un sourire.

Il se mit à l'œuvre.

Le docteur reconnut aussitôt qu'il dessinait la même femme.

La religieuse était toujours attentive derrière le chevet du lit, n'osant avancer d'un pas, et n'osant respirer dans la peur de troubler ce fou.

Il se passa quelques minutes sans que le dessin exprimât ou accentuât une physionomie ; c'étaient des traits épars où la main inquiète allait fixer une âme.

La religieuse remarqua d'abord que ce ne serait pas la première figure venue, tant le dessinateur donnait par chaque coup de crayon un caractère de grandeur dans la grâce, de noblesse dans la douceur.

Le fou n'avait encore indiqué que les yeux et la bouche, il voulait y revenir, mais à chaque instant sa main était retenue. Il levait les yeux comme s'il regardait l'original.

— C'est impossible, dit-il en laissant tomber son crayon.

Mais le docteur lui remit doucement le crayon à la main et il continua. Des perles de sueur coulaient sur son front. Il était beau ainsi, mais la religieuse ne le voyait pas.

Elle ne regardait que le portrait; tout à coup

elle pâlit et se retint au lit pour ne pas tomber :
elle venait de se reconnaître dans le portrait.

Déjà en suivant de l'œil les contours du crayon,
elle s'était dit :

— Celle que dessine là ce fou aura quelque
chose de moi.

Quand elle reconnut son portrait, le nom de
Joinville lui vint aux lèvres.

C'était une nouvelle épreuve que Dieu lui infli-
geait ; mais ne courait-elle pas au-devant de tous
les sacrifices ?

— Qu'avez-vous, ma sœur ? lui dit le docteur
Blanche.

— Rien, docteur, je prie Dieu.

Par la force d'âme elle était revenue à elle ;
elle baisait le petit crucifix de cuivre suspendu à
son cou.

Le docteur qui regardait tout à la fois le portrait
et la religieuse, remarqua alors que c'était la même
figure ; mais dans le portrait, la figure était coiffée
d'une opulente chevelure où couraient des liserons
comme marque de simplicité et de blancheur.
Or la religieuse n'avait plus ces beaux cheveux-là.

— Est-ce que vous vous reconnaissez ? demanda
le docteur à la religieuse.

Elle ne répondit pas. Une force invincible la jeta en avant.

— Joinville ! s'écria-t-elle.

Joinville, qui depuis la veille ne voyait plus rien, reconnut Madeleine comme si miraculeusement un voile fût tombé de ses yeux. Il la regarda avec adoration.

— Madeleine ! cria-t-il.

Et, la figure toute rayonnante, il ouvrit les bras comme pour saisir enfin son rêve.

Mais il était trop tard.

V

LE CRUCIFIX

ADELEINE, qui dominait alors son cœur, présenta aux lèvres de Joinville le crucifix qu'elle venait de baiser.

Le fou regarda Madeleine et baisa le crucifix.

— Ce n'est plus Madeleine, dit-il en se laissant retomber sur le lit.

Une seconde fois Madeleine lui représenta le crucifix.

— Non, dit-il, ce Dieu n'est pas bien sculpté.

Puis se soulevant sur ses bras, le cœur battant avec plus de force, les yeux hors de la tête, il dit à Madeleine :

— Qu'as-tu fait de tes cheveux ?

Le sentiment de l'art dominait dans l'amour à travers la folie. Joinville voyait avec douleur que Madeleine s'était dépouillée de cette admirable chevelure qu'il avait à peine effleurée de ses lèvres — où il aurait voulu noyer ses lèvres pour l'éternité.

Madeleine était tombée agenouillée, tout en larmes.

Joinville retomba dans toutes ses extravagances, il voulait sauter par la fenêtre pour fuir la princesse. Il s'adressa au docteur :

— Si vous n'arrêtez pas le yacht, je vous tue ! Vous voyez cette femme, elle m'enlève à Madeleine ! c'est la mort pour moi et pour Madeleine.

— Oui, dit la religieuse, qui était devenue blanche comme un suaire.

Elle prit la main de Joinville, mais il la jeta loin de son lit.

— Jamais ! lui cria-t-il.

Il croyait voir Mathilde.

Le docteur Blanche releva la sœur de charité.

— Cette fois, ma sœur, lui dit-il, j'ai bien peur que vous ne fassiez pas un miracle, car ce fou est plus fou que jamais.

. . . .

Mais une heure après Joinville redevenu calme appela le docteur Blanche.

— Docteur, lui dit-il en lui tendant la main, je vous remercie : je sens que je suis sauvé et que je me relèverai de cette rechute. L'apparition de cette religieuse et le crucifix sur mes lèvres ont fait ce miracle. Je vais pouvoir retourner chez moi.

— Holà ! dit le docteur Blanche, n'allons pas si vite ; vous ne seriez pas capable de vous tenir debout.

— Oui, mais mon âme se tient déjà debout. Les fous sont comme ce rêveur qui avait perdu son ombre, c'est-à-dire la preuve de son corps. Il ne faut pas que la passion nous détache à ce point de la terre. Grâce à Dieu, je retrouve le rivage. Dites-moi, docteur, quelle est donc cette jeune religieuse ?

— Vous la connaissiez mieux que moi puisque vous avez fait son portrait sans la regarder.

— Comment, elle est venue chez vous ?

— Comme les autres.

— Est-ce qu'elle est encore ici ?

— Non. Elle vous a touché la main et elle m'a dit adieu sans vouloir rien écouter. Vous me questionnez, mais c'est plutôt à moi à vous poser des points d'interrogation.

— Ah! docteur, je vous répondrai par un seul mot : j'ai aimé cette femme jusqu'à en mourir ; c'est par cet amour que je suis devenu fou. Donnez-moi bien vite les forces de la raison pour que je retrouve Madeleine.

— Prenez garde, ce serait peut-être encore la folie.

— Oh ! non, non, Madeleine est mon point d'appui sur la terre. Je vous conterai cela.

.   .   .   .

VI

LES TROIS DUCHESSES

U N matin de cet été une femme tout en noir gravissait le versant du Père-Lachaise, vers les hauteurs de la tombe du duc de Morny et de celle d'Eugène Delacroix.

On allait inaugurer un monument surmonté d'une statue couchée représentant la Douleur.

Cette femme qui marchait, elle aussi représentait la douleur. Mais Dieu l'avait douée d'un fond de gaieté qui survivait à tous ses chagrins.

Elle venait avant la cérémonie, voir si le monument avait bon air.

Dès qu'elle l'aperçut, même de loin, des larmes roulèrent sur sa figure.

14.

Elle avança, respirant à peine, elle regarda et lut tout haut :

MATHILDE.

LÉONIE.

MADELEINE.

Elle s'agenouilla et s'écria en sanglotant :
— Mes trois Duchesses !
Elle n'avait apporté qu'un bouquet de roses thé.
Elle le mit sur le marbre en murmurant :
— Léonie !
Elle n'apportait pas de roses pour Mathilde, Mathilde qui avait frappé mortellement le cœur de Madeleine.

Mais pourquoi n'apportait-elle pas un bouquet pour Madeleine ?

C'est que Madeleine, morte pour le monde, n'était pas encore couchée dans le tombeau.

Mais pourquoi le nom de Madeleine si près de celui de Mathilde ? — Mathilde, qui avait frappé à mort le cœur de Madeleine !

C'est que la sœur de charité avait dit qu'elle

pardonnait. C'était le premier sacrifice offert au seuil de la maison de Jésus.

La femme en noir s'éloigna et redescendit bien-tôt en disant encore :

— *Mes trois Duchesses!*

VII

OU Mme TEMPLIER ALLUME LE CHARBON DE SA CUISINIÈRE

Un soir que Thérèse voulait faire du feu, selon sa coutume, dans la chambre de Léonie, où couchait maintenant Mme Templier, l'ancienne sage-femme la repoussa rudement et remit le devant de cheminée.

Mais Thérèse avait remarqué des charbons dans un réchaud.

— Oh! oh! se dit-elle à elle-même, il y a quelque chose là-dessous. La pauvre femme n'est pas de force à supporter tous ses malheurs.

Thérèse avait raison. Elle eut l'œil sur sa maîtresse. Elle passa trois ou quatre fois dans le salon où Mme Templier jouait sa partie de dames avec son mari.

Elle remarqua ce mot de M. Templier :

— •En vérité, tu joues ce soir comme si tu étais dans l'autre monde.

C'est qu'en effet Mme Templier était dans l'autre monde avec Léonie. Après trois parties, elle se leva et elle embrassa M. Templier en lui disant :

— Je vais me coucher.

— Et la quatrième partie, dit le capitaine.

— Ce sera pour demain.

Elle voulait aller se coucher dans le tombeau. Dès qu'elle fut dans la chambre de Léonie, elle embrassa quelques photographies, celle de sa mère, celle de Madeleine, celle de Léonie, après quoi elle fit le signe de la croix et alluma le charbon préparé.

Elle écrivit ce mot à Madeleine :

« Je meurs en Dieu et nous nous retrouverons
« au ciel avec Léonie. »

Elle écrivit au capitaine :

« Pardonnez-moi ma mort et faites-moi enter-
« rer avec mes trois duchesses. »

Dès que le charbon fut allumé, elle se mit en prières : une fois de plus, elle demanda pardon à Dieu de toutes ses fautes, mais surtout de celle de la substitution d'enfants, qui avait amené tant de catastrophes.

La chambre était toute petite, aussi commençait-elle déjà à voir tournoyer les choses autour d'elle, quand Thérèse, qui respirait l'odeur du charbon et qui n'entendait plus rien, se mit à crier de toutes ses forces :

— Madame ! madame !

Ce fut pour Mᵐᵉ Templier comme la trompette du jugement dernier, mais elle ne répondit pas.

M. Templier, averti, vint à son tour à la porte en criant :

— Rose ! Rose ! ouvre-moi la porte.

Elle n'ouvrit pas.

Mais il était de ceux qui ouvrent la porte quand on ne répond pas.

La porte fut donc enfoncée.

— Il n'était que temps, dit Thérèse, en voyant s'agiter Mᵐᵉ Templier ?

On la rappela bien vite à la vie.

— Quoi ! madame, lui dit cette fille, vous n'aviez donc pas pensé au chagrin que vous feriez à M. Templier !

Le vieux soldat était là, pâle comme la mort, ne trouvant pas un mot à dire. Cette femme c'était sa vie ; si elle mourait, c'en était fait de lui.

Mme Templier se souleva et dit :

— C'est vrai, qui donc serait là pour l'aimer ?

Elle essaya de sourire et dit gaiement :

— Je ferai ta quatrième partie de dames.

VIII

LES IMPÉNITENTES

UELQUES jours après la saisissante entrevue de Joinville et de Madeleine, la jeune religieuse vit venir à elle Mme Suzanne qui se disait sa tante à la mode de Bretagne.

— Ma chère Madeleine, lui dit cette femme, je viens à vous dans mon désespoir. Figurez-vous que mes deux filles sont malades du même coup.

Madeleine, sympathique à tous les chagrins, même au chagrin des gens qu'elle n'aimait pas, tendit la main à Mme Suzanne.

— Voyez-vous, reprit la marchande à la toilette, depuis plus de vingt ans je ne vis que pour mes filles. Dieu m'a fait la grâce d'en prendre une comme il vous a prise pour en faire une religieuse. Si elle n'était partie pour Nantes je ne viendrais pas vous prier de m'accompagner au chevet des deux malades. Soyez assez bonne pour ne pas me refuser cette consolation, je ne veux pas qu'Héloïse et Esther meurent comme des païennes. Elles sont toutes les deux à moitié tuées, l'une par une fluxion de poitrine, l'autre par la fièvre typhoïde; elles ne veulent rien entendre et je suis sûre qu'en vous voyant elles seraient apaisées et reprendraient courage à la vie, car vous êtes un ange du ciel sur la terre.

— Je suis une pauvre créature que Dieu a consolée; je n'existe plus pour les autres, je suis donc toute prête à vous suivre. Est-ce que vos deux filles sont chez vous ?

— Non, Héloïse est tombée malade chez Esther qui la sauvegardait de ses créanciers en la cachant chez elle et en plaidant sa cause. C'était en l'absence d'Arthur Murray, car vous savez l'histoire du mariage. Ne serait-ce pas bien malheureux; quand Esther est sur le point d'être trois ou quatre fois millionnaire, de la voir mourir sans rien laisser à sa sœur et sa mère ?

Ce cri du cœur était parti involontairement des lèvres de Mme Suzanne.

Une demi-heure après Madeleine était à l'hôtel d'Esther, allant d'un lit à un autre, consolant par la parole et par le sourire, ne s'indignant pas d'être chez des pécheresses, n'espérant guère les ramener au bien, remerciant Dieu de n'être jamais tombée jusque-là.

Au bout de quelques jours les deux sœurs étaient sauvées.

— C'est vous, Madeleine, qui avez fait ce miracle, dit Mme Suzanne à la jeune religieuse.

— Non, dit Madeleine en souriant, Dieu n'a pas voulu les prendre sans qu'elles fussent en état de grâce. Elles y viendront.

— Peut-être, dit Esther en se soulevant sur son oreiller.

La jeune mariée d'occasion s'imaginait que le sacrement du mariage avait effacé beaucoup de ses péchés ; mais ce mariage volé n'était qu'un crime de plus.

— Pour moi, dit la Salamandre en se regardant dans son miroir à main, je ne suis pas encore assez chiffonnée pour me repentir ; d'ailleurs qui payerait mes dettes ?

La mère lui fit de vifs reproches.

— Comment as-tu pu faire des dettes avec des mains pleines d'or?

— Palsembleu, dit la Salamandre, ce ne sont pas les pauvres qui font des dettes.

— Oui, oui, reprit sa mère, tu n'as jamais su compter que dans la poche des autres. Mme Suzanne allait continuer, mais la gravité de la figure de Madeleine lui ferma la bouche.

Après un silence elle reprit :

— Voyez-vous, Madeleine, je commence à croire que l'argent des autres ne porte pas profit. On n'a bien à soi que l'argent qu'on gagne par le travail.

— C'est le vieux préjugé, dit la Salamandre, passe encore pour l'homme, mais pour la femme ! je ne connais pas une jeune fille à Paris qui ne soit victime de sa vertu, le travail l'étiole, la fane et la tue. La femme est de la nature des fleurs, elle est née pour vivre au soleil et non pour travailler à l'ombre. Que j'en connais de ces jeunes ouvrières mortes à la peine, sans que personne les vînt saluer dans le corbillard des pauvres !

— Vous vous trompez, Héloïse, dit Madeleine, il y a toujours quelqu'un pour saluer le sacrifice, c'est Dieu.

— Oui, mais ce n'est pas de ma faute, je ne suis pas de celles qui se sacrifient, chacune a sa destinée. Voyez-vous, Madeleine, on ne sait jamais où est le vrai chemin. Si j'avais trouvé à dix-huit ans un brave cœur pour m'aimer, peut-être serais-je à cette heure une brave mère de famille; mais j'ai trouvé un libertin, je suis devenue une coquine.

Madeleine était curieuse, elle aimait l'étude du cœur humain, elle n'arrêta pas la Salamandre dans son franc parler.

— Vous, par exemple, lui dit cette fille, croyez-vous bien que vous étiez née pour être religieuse, pour mettre sous le voile cette beauté sans pareille, pour descendre au tombeau toute vivante? Allons donc, vous faites fausse route. Et ce qu'il y a de plus singulier, de plus triste pour vous, c'est que Dieu ne vous en saura pas gré, car après tout vous n'êtes allée à Dieu que parce qu'un homme vous a trahie. Moi je crois que Dieu n'accueille à bras ouverts que celles qui n'ont eu que l'amour de Dieu.

Madeleine ne put s'empêcher de penser que la Salamandre disait la vérité.

IX

CE QUE PENSAIT MADAME TEMPLIER SUR LES RENONCEMEMTS AU MONDE

CE jour-là Madeleine alla chez sa marraine.

— Tu as beau dire, lui dit Mme Templier, je vois bien à tes yeux et à ta pâleur que tu n'as pas trouvé la paix du cœur en te tournant vers Dieu ; il y a des fièvres d'amour que l'amour seul guérit. T'imagines-tu donc que Dieu t'en voudrait si tu empêchais Joinville de devenir fou une troisième fois, car tu es sa raison et son point d'appui, loin de toi il tourbillonne dans le vide, ce pauvre garçon.

— Tu sais bien que c'est irrévocable, dit Madeleine.

— Je sais bien que ce mot irrévocable n'existe pas. Autant je trouve beau d'aller tout à Dieu sans se retourner en arrière, autant je trouve mal de forcer son cœur. C'est de l'orgueil humain.

— C'est de l'humilité chrétienne.

— Je te dis que c'est de l'orgueil, comme dit le capitaine, il faut être de bonne foi avec soi comme avec les autres. Si Dieu voit les actions d'ici-bas il a horreur de ton sacrifice, car c'est un sacrifice qui tue Joinville et qui te tue toi-même. Dieu ne veut pas la mort du pécheur, à plus forte raison de ceux qui ne pèchent pas. Demande plutôt à ton confesseur.

— Mon confesseur, murmura Madeleine, il me trouve bien heureuse d'être sur le rivage après avoir vu la tempête.

— Ton confesseur est une bête qui fait des phrases; il vaut mieux faire des enfants que des phrases. Si jamais tu deviens mère de famille — je n'en désespère pas — tu me donneras raison.

X

CI-GIT QUI |MOURUT A VINGT ANS.

UOIQUE Madeleine ne reposât son esprit que dans des lectures pieuses, il lui arrivait pourtant, çà et là, de rouvrir des livres profanes.

Ce fut ainsi qu'elle lut cette histoire de Mlle de Marivaux :

Il y a cent cinquante ans, au château de Bez en Bourgogne, une jeune fille d'une beauté aérienne se promenait toute pensive dans le parc. C'était Mlle de Marivaux.

Elle allait et venait dans une allée de tilleuls centenaires. Au bout de cette allée, elle s'arrêtait un instant et levait les yeux vers une montagne où l'on entendait par intervalle le son du cor et l'aboiement des chiens. Il y avait grande chasse dans les bois du château. Mlle de Marivaux était comme les femmes rêvées par son père, plus belle par l'expression que par la ligne, par la couleur que par le contour. Ses yeux bleus et ses cheveux noirs étaient d'un effet doux et charmant. Le marquis d'Argens parle d'un portrait d'elle, peint par Largillière, dont il admirait beaucoup le vif éclat et la fraîcheur délicate. C'était un roseau qui devait plier au premier vent contraire.

Pendant que Mlle de Marivaux se promenait ainsi, son père, assis sur le perron près de Mme de Bez, poursuivait ses disputes philosophiques. Comme il n'était plus en âge de dire du mal des femmes, il disait du mal de la vie. « Cependant, murmura tout à coup Mme de Bez, si nous revenions à vingt ans ? si nous ressaisissions tous nos plaisirs envolés ? Ah ! la jeunesse ! la jeunesse ! Tout est là ; car c'est Dieu qui vous la donne. Voyez mon fils, comme il est heureux là-bas dans les bois, libre, fort, prêt à tout. Allez demander à votre fille, qui rêve je ne sais où, si à son âge la vie n'est pas douce à supporter. »

Si Mlle de Marivaux avait pu répondre, elle aurait dit : « Ah ! oui, la vie est douce, je le sens à mon cœur qui bat quand le cor résonne dans la

montagne ; oui, la vie est belle : je la vois qui me
sourit dans les arbres et dans les fleurs, je l'entends
qui me parle dans la voix des oiseaux chanteurs,
dans la source qui jaillit si pure et si fraîche. »
Peut-être, imitant le style de son père, Mlle de Marivaux aurait ajouté : « Oui, la vie est belle, je la
vois qui me sourit le matin dans le miroir, à
l'heure où je peigne mes longs cheveux. »

Mme de Bez avait un fils qui devait recueillir
une immense fortune à la mort de sa grand'mère.
Mme de Bez, tout en passant sa vie à médire des
vanités humaines, avait tous les préjugés de la
vanité et de la grandeur. Quand elle causait avec
Marivaux ou quelque autre philosophe manqué,
elle soutenait que la joie du cœur était toute la
fortune qu'il fallût chercher ici-bas ; mais quand
elle devisait avec elle-même, c'était un tout autre
point de vue. Aussi, voyez comment Mme de Bez et
Marivaux, qui passaient pour des sages, firent le
bonheur de leurs enfants après avoir oublié de
faire le leur.

Le soir, au retour de la chasse, M. Guillaume
de Bez, jeune homme de vingt ans, qui n'avait
pas encore gâté par les belles manières ses franches
allures un peu rustiques, rentra au château par le
parc. Mlle de Marivaux se trouva sur son chemin,

15.

sans doute par hasard. Le hasard est de si bonne
volonté pour les jeunes garçons et pour les jeunes
filles ! « Ah ! c'est vous, dit Mlle de Marivaux en
pâlissant ; dans quel équipage vous voilà ! — Vous
savez : des roches à pic, des épines, des mares ;
tout à l'heure encore, pour rentrer par ce côté du
parc, il m'a fallu presque nager ; mais, Dieu merci,
la chasse a été bonne. » Disant ces mots, Guillaume de Bez présenta un bouquet de fraises à
Mlle de Marivaux. « Je me suis rappelé, poursui-
vit-il, en entrant dans les bois, que l'an dernier
nous avions passé toute une matinée à cueillir des
fraises avec une joie toute pastorale. Nous étions
heureux de rien, comme des enfants. »

A cet instant, un des amis de Guillaume de Bez
l'appela à quelque distance ; Mlle de Marivaux lui
fit un signe d'adieu et s'éloigna. Elle rentra au
château, monta à sa chambre et se mit à pleurer.
« Il ne m'aime pas, dit-elle toute pensive ; il fallait
qu'il retournât dans les bois et qu'il revît des
fraises pour se rappeler cette fraîche matinée qui a
été toute ma vie depuis un an... Ma vie n'a-t-elle
pas commencé là ?... » Elle prit le bouquet de
fraises et le respira avec une tristesse pleine de
charme. « Cependant, reprit-elle en essuyant ses
larmes, il ne pouvait pas me cueillir un bouquet

qui me fût plus doux que celui-là. » La cloche
ayant sonné le souper, elle déposa le bouquet dans
un verre, et descendit au salon. Le souper fut un
peu morne; la chasse avait fatigué les jeunes
gens; Marivaux et Mme de Bez ne savaient plus en
quoi se contredire; Mlle de Marivaux pensait
qu'elle n'était pas aimée.

Après souper, comme Mme de Bez et Guillaume
se trouvaient seuls, le jeune homme lui demanda
si Mlle de Marivaux devait rester longtemps encore
au château. « Son père est attendu à l'Académie
pour une réception. — Et il veut emmener sa fille?
— Sans doute; d'ailleurs la saison s'avance. —
Elle ne partira pas, car, puisqu'il faut vous le dire,
je l'aime et veux l'épouser. — Vous êtes fou! —
Est-ce donc une folie d'aimer une belle fille ? »

Mme de Bez vit bien qu'il n'y avait pas à
raisonner. Elle alla droit à la chambre de Mlle de
Marivaux. « Ma chère enfant, Guillaume vous
aime, c'est une folie ; vous allez retourner à Paris ;
mais, avant votre départ, faites bien voir à Guillaume que vous ne l'aimeriez pas, même si vous
ne deviez pas entrer au couvent. — Au couvent !
s'écria Mlle de Marivaux, qui fut tout à la fois
bouleversée par la joie d'apprendre qu'elle était
aimée, et par la douleur d'entendre parler de cette

tombe plus noire que l'autre, où l'on voulait en-
sevelir sa jeunesse. — Votre père ne vous a donc
pas encore avertie qu'il voulait vous abriter, dans
ce refuge béni, contre tous les dangers de ce
monde ? Le duc d'Orléans doit payer votre dot.
— Ma dot ! murmura la jeune fille d'une voix
éteinte. Oui, madame, mon père m'a parlé du
couvent ; mais... je l'avais oublié... »

Mlle de Marivaux ne dormit pas de toute la
nuit ; le lendemain, au soleil levant, comme elle
ouvrait sa fenêtre, elle vit Guillaume qui partait à
cheval. « Où va-t-il ? » se demanda-t-elle en portant la main sur son cœur. A l'angle d'un chemin,
il tourna la tête et aperçut la jeune fille. Il lui fit
un gracieux signe de la main. « Hélas ! dit-elle,
c'est peut-être un signe d'adieu. » Elle le suivit
du regard ; quand il disparut dans les arbres, elle
tomba agenouillée et pria Dieu avec ferveur.
« Et pourtant il m'aime ! » dit-elle après avoir
prié.

Elle ne revit plus Guillaume. Mme de Bez, craignant quelque coup de tête, avait envoyé son fils
chez un ami du voisinage. Il devait revenir le
lendemain ; mais le lendemain, Mme de Bez alla
le rejoindre et lui apprit que M. de Marivaux et
Mlle de Marivaux étaient depuis la veille sur la

route de Paris. Guillaume voulut monter à cheval
et suivre les traces de la jeune fille; il jura qu'il la
retrouverait ou se laisserait mourir de chagrin.
Mme de Bez, qui connaissait les hommes de près,
laissa dire son fils. Elle lui promit d'ailleurs de
plaider sa cause devant Mlle de Marivaux à leur
retour à Paris. Guillaume attendit avec un peu de
patience, grâce aux plaisirs de la saison : il adorait
Mlle de Marivaux, mais la chasse est si bonne aux
cœurs inquiets !

Quand il revint à Paris, six semaines après,
Mlle de Marivaux était au couvent du *Thrésor*. Il
voulut la voir ; il tenta de l'enlever. Il n'eut même
pas la consolation de savoir si ses lettres, toutes
passionnées, arrivaient jusqu'à elle.

Marivaux, qui avait la prétention de lire dans
tous les cœurs, ne s'aperçut pas de l'amour de sa
fille. « C'est étonnant, écrivait-il après sa première
visite au couvent, comme la solitude et la prière
pâlissent une femme. La pauvre petite était si
fraîche avant d'entrer au Thrésor ! O mon Dieu !
par quelles joies d'en haut payez-vous ces sacrifices humains ? Ce n'est pas seulement son cœur
et sa liberté qu'on dépose à vos pieds. Les vierges
vous immolent leur beauté et l'éclat si doux de
leur jeunesse. »

A une seconde visite, voyant sa fille plus pâle
et plus défaite, Marivaux lui demanda si le sacrifice
était au-dessus de ses forces. Elle répondit non en
joignant les mains. Mais pensait-elle à Dieu ou à
Guillaume de Bez ?

Elle ne succomba pas du premier coup. Marivaux la vit revenir à elle; sa résignation eut même
un certain caractère de joie mélancolique. « Je
vais prendre le voile, lui dit-elle un jour ; je me
sens digne de cette action ; j'aurai la force de
m'éloigner sans regret du rivage de lá vie, comme
disent nos cantiques. » Elle cherchait sans doute
à s'aveugler elle-même.

Le jour solennel arriva. Le matin, comme son
père la voyait pleurer, elle lui dit que c'étaient des
larmes de joie. Mme de Bez survint; c'était l'heure
de l'habillement; on apporta le voile : Mme de Bez
voulut l'attacher elle-même sur cette tête charmante qu'elle aurait dû couronner de roses moins
pâles. La cloche sonna. Mlle de Marivaux se jeta
dans les bras de son père. « Je vais mourir, dit-
elle avec calme; adieu, ma mère m'attend. »

La supérieure vint au-devant de la jeune vierge,
qui était plus blanche que la mort. Arrivée à l'autel, il la fallut soutenir. Elle subit les félicitations
du prêtre venu pour la bénir. A toutes les de-

mandes, elle répondait oui d'une voix sépul-
crale.

Quand on saisit sa fille pour la placer sous le
drap mortuaire, Marivaux n'eut pas la force de
rester plus longtemps dans la chapelle. Il sortit en
essuyant ses larmes.

Par un hasard singulier, il rencontra une comé-
dienne à la porte du Thrésor, Mlle Sylvia, de la
Comédie-Italienne. « Vous pleurez, Marivaux ?
— Oui, cependant je viens d'accomplir une bonne
œuvre, j'ai sauvé ma fille des périls de ce monde ;
à l'heure qu'il est elle est vouée à Dieu. — Quelle
idée ! — Vous savez que je n'ai pas de dot à lui
donner. — N'était-elle pas jolie ? La liberté, n'est-
ce donc rien ? Ah ! Marivaux ! ah ! philosophe
que vous êtes ! — Oui, philosophe, et de la bonne
école. Mlle Lecouvreur me dirait que j'ai raison.
Encore quelques années de comédie, et vous sou-
pirerez passant devant la maison des filles de Dieu.
J'ai tout étudié, tout comparé ; les joies d'ici-bas
sont noyées dans les larmes. — Et vous ne comptez
donc pas le plaisir de pleurer ? Allez, vous n'êtes
pas un homme, vous n'êtes qu'un philosophe. »

Peu de jours après, Marivaux retourna pour la
dernière fois au château de Bez, et à la vue des
branches soulevées par l'air vif, des oiseaux voya-

geurs, des sources jaillissantes, des pampres riant au soleil, ne songea-t-il pas avec un serrement de cœur à la cellule étroite et sombre, où priait, où pleurait, où mourait sa fille.

Guillaume de Bez, cédant aux instances de sa mère, se résigna à épouser Mlle de Riancourt, qui ne l'aima jamais — et qu'il n'aima jamais — ce qui est bien plus triste.

Mlle de Marivaux ne survécut guère à son cœur.

Ci-gît qui mourut à vingt ans !

— C'est mon histoire, dit Madeleine avec un serrement de cœur. Et moi aussi je veux fuir les périls du monde : comme dit Mlle Lecouvreur, *je compte pour rien le plaisir de pleurer.*

La jeune religieuse étouffa ses sanglots et baisa le crucifix qu'elle avait présenté aux lèvres de Joinville.

XI

SOUVENIR PERDU ET RETROUVÉ

Un matin, comme Madeleine sortait de la chapelle de l'avenue Friedland — adoration perpétuelle — elle vit passer Joinville. Elle ressentit un coup au cœur.

Il ne la vit pas. Elle fut frappée de sa pâleur et de sa tristesse. Il était si rêveur et si distrait qu'il fumait une cigarette éteinte.

— Enfin dit Madeleine, il est revenu à lui, Dieu soit loué.

Elle le suivit des yeux, mais il entra bientôt au bureau de tabac où l'appelait un camarade. La religieuse descendit l'avenue. Ainsi veut la destinée, murmura-t-elle, nous n'allons jamais du même côté.

Elle pensa à leur première rencontre aux Champs-Élysées.

A ce cœur si désolé et si désespéré malgré les consolations de l'Église et de l'espoir en Dieu, il vint une bouffée de printemps, un pur rayon de vraie jeunesse.

— Ah ! dit-elle, ce jour-là j'étais bien heureuse sans savoir pourquoi.

Et quelques pas plus loin :

— Et pourtant si je voulais.

Mais Madeleine n'avait-elle pas enchaîné sa volonté ?

XII

UN DERNIER POINT D'INTERROGATION

L n'y a pas deux mois qu'une jeune sœur de charité alla se jeter aux pieds d'un poëte qui aime tout ce qui souffre et tout ce qui pleure, tout en saluant par la gaieté du cœur les grandeurs radieuses de la création.

Vous avez reconnu le plus grand et le plus illustre des poëtes.

La jeune religieuse alla au poëte comme elle fût allée au pape de l'ordre profane.

Elle était fort émue, mais il la mit bientôt à son aise par son sourire charmant.

Elle lui parla ainsi :

« Ayez pitié de moi. Je suis un pauvre cœur

qui cherche. J'aime Dieu et je souffre dans la maison de Dieu. Mon âme s'y brise les ailes ; à toute heure je m'envole par les cieux pour retomber sur la terre. Une passion m'a prise il y a deux ans ; je n'ai pu la vaincre même en me réfugiant au pied de la croix. Jésus me dit d'aimer : Est-ce Dieu ou l'œuvre de Dieu qu'il faut aimer ?

« J'ai beau lutter, je suis à bout de force. J'ai honte devant moi et devant Dieu. Je suis comme une rebelle enchaînée, qui adore sa chaîne et qui voudrait la briser. Comment faire ? je ne veux pas être parjure, mais je ne veux pas trahir Dieu en ne lui donnant pas toutes les aspirations de mon âme et tous les battements de mon cœur. J'ai prononcé des vœux pour un an, en me disant que c'était pour l'éternité. L'année finit demain. Ma mère est morte depuis ma naissance. Pour la troisième fois, elle m'est apparue hier et m'a dit que cette épreuve de la croix me tuerait. Mourir, pourquoi pas ? Mais vivre est doux pour aimer. Je suis venue à vous parce que vous vous appelez la Bonté et l'Intelligence : dites-moi ce qu'il faut que je fasse. »

L'illustre poëte répondit à la jeune fille par ces simples paroles : « Dieu aime mieux une bonne femme qu'une mauvaise religieuse. Si vous ne

pouvez être toute à Dieu, soyez toute à l'humanité. L'amour, s'il prend le cœur, finit toujours
par l'amour divin. »

Est-ce que cette religieuse s'appelait Madeleine?
Est-ce que Joinville n'était plus fou? Est-ce que
la fatalité du berceau ne devait frapper que Mathilde et Léonie?

XIII

LE DERNIER CHAPITRE

M

« Madame Anne-Marguerite Appert, veuve de
« monsieur Pierre Joinville, a l'honneur de vous
« faire part du mariage de monsieur Elzear-Pierre-
« Joinville, son fils, avec mademoiselle Made-
« leine de Marigny.

« Et vous prie d'assister à la bénédiction
« nuptiale qui leur sera donnée vendredi 14 sep-
« tembre 1877, à midi, en l'église Sainte-Clo-
« tilde.

M

« Monsieur le duc de Marigny a l'honneur de

« vous faire part du mariage de mademoiselle
« Madeleine de Marigny, sa fille, avec monsieur
« Elzéar-Pierre Joinville.

« Et vous prie d'assister à la bénédiction
« nuptiale qui leur sera donnée vendredi 14 sep-
« tembre 1877, à midi, en l'église Sainte-Clo-
« tilde. »

Sur beaucoup de lettres d'invitation on lisait :
de la part du marquis d'Armeville ou *de la part
de madame Templier.*

Ce jour-là, à la même heure, le vicomte de
Myra, tout en regardant sa montre, faisait une
fin digne d'un joueur, en épousant la comtesse
anonyme, la mère de Mathilde. Ceux-là n'en-
voyèrent point de lettres de faire part.

FIN.

A PROPOS

DES

TROIS DUCHESSES

LETTRE A M. LÉONCE DÉTROYAT.

I

Ceci est encore une œuvre de bonne foi où j'ai voulu peindre cette société de mon temps qu'on appelle le *Monde parisien* ou le *Tout-Paris*. C'est l'étude obstinée d'un chercheur qui a tenté d'écrire en toute liberté l'histoire intime du monde où il a vécu.

C'était à l'Opéra, mon cher ami. Nous parlions des mœurs parisiennes, en lorgnant quelques femmes qui faisaient la roue sur leurs péchés. C'était la roue de la fortune, car elles n'avaient

IV.   16

jamais été plus triomphantes. Vous m'avez dit :
« Il faut pourtant démasquer galamment ces
femmes-là, vous qui les savez par cœur, prenez
la plume. »

J'ai pris la plume, et j'ai écrit pour l'*Estafette*,
sous ce titre : *Le Troisième Dessous*, toute
une histoire — dont je ne savais pas encore le dénoûment — l'histoire des *Trois Duchesses*.

Mais ce n'est là qu'une porte ouverte ou plutôt
une trappe sur le *Troisième Dessous*. Il faudrait
cent volumes pour peindre le Paris inconnu, le
Paris des fascinations, des vertiges et des abîmes.
Ce qui préoccupait en moi le philosophe dans le
romancier, c'était l'abandon des enfants dans cet
enfer rose où il y a tant d'enfants trouvés, c'est-à-
dire d'enfants perdus. A qui la faute ? A la mère ?
Mais pourquoi la recherche de la paternité est-elle
interdite ? Pourquoi l'homme a-t-il le droit de fu-
mer gaiement son cigare à l'heure où la femme,
qu'il a entraînée dans sa passion ou dans son caprice, souffre toutes les douleurs corporelles et
morales ? Elle met au monde un enfant, qui n'aura
pas de mère, parce qu'il n'aura pas de père ; que
dis-je ? elle met au monde, il faudrait dire elle
jette au monde une créature qui serait sa honte,
si elle ne s'en lavait les mains. Quand le législa-

teur a interdit la recherche de la paternité, pourquoi n'a-t-il pas donné un bon point à la mère comme a fait Jésus-Christ ? C'est que la loi n'a pas d'entrailles.

Lisez cette histoire en deux sonnets :

MARGOT

I

Monsieur Arthur alla rêver un beau matin
D'avril dans le château d'une tante gothique;
Il était fatigué de chanter son cantique
Aux Phrynés de carton de l'amour clandestin.

Il en avait assez des robes de satin :
La servante Margot pour causer politique
Monta chez lui, confuse en sa jupe rustique,
Mais portant avec elle une senteur de thym.

« Bonjour ! la belle enfant, vous êtes bien jolie !
« Si j'étais votre amant vous seriez ma folie. »
Il paraît que c'était à l'heure du berger...

Quand vint l'aurore, Arthur, fier de son aventure,
Se mit à la fenêtre et dit à la Nature :
« Quel beau jour ! le printemps neige sur le verger. »

MARGOT

II

Un matin de janvier, aux premières rumeurs,
Une pauvre affolée erre par la campagne,
Le désespoir la suit, la douleur l'accompagne,
Tout à coup elle tombe en s'écriant : je meurs !

Cependant qu'en son lit, grâce aux songes charmeurs,
Mons Arthur bâtissait des châteaux en Espagne,
La veille il avait bu trop de vin de Champagne
Avec quelque drôlesse au cercle des fumeurs,

Sur la neige, un enfant rose venait de naître.
Margot le mit au monde, en souffrant mille morts,
En ce berceau de neige, en ce lit de remords.

Cependant que Monsieur Arthur, à sa fenêtre,
Souriait au soleil et disait en fumant ;
« Quand il neige, vrai Dieu ! que l'hiver est charmant ! »

Combien de crimes viennent de là ! il y a le crime de la mère qui abandonne son enfant, il y a le crime de la mère qui tue son enfant : croyez-vous donc que c'est faute d'entrailles ? C'est que la mère sent qu'elle porte à elle seule toute l'horreur du péché ; c'est que l'homme qui l'a perdue passe devant elle et devant les autres avec un air de triomphe.

La recherche de la paternité est interdite !

En contant cette histoire des *Trois Duchesses*, qui portent fatalement la peine des fautes de leur mère, j'ai voulu souligner le mot du moraliste dans son rêve de régénération sociale : « O vous qui attaquez la femme, commencez par la défendre. »

Beaucoup de lettres me sont venues pendant que *l'Estafette* publiait les *Trois Duchesses*. Quelques esprits forts m'ont accusé d'avoir le préjugé des femmes. Selon ces messieurs, c'est toujours la faute d'Ève et de Madeleine, ces deux symboles du mal dans la Bible et l'Évangile. J'ai le préjugé que la femme est plus près que l'homme des sommets et des abîmes, parce qu'elle monte plus haut dans sa passion et parce qu'elle est l'âme du sacrifice. Quand on dit « la femme se donne » on fait son éloge tout en la condamnant. L'homme se retient en se donnant. La femme y va argent comptant, jusqu'à sa part du ciel. Il faut donc lui tenir compte de cet abandon de son âme, dans l'abandon de son corps. Mais son péché est à moitié pardonné, parce que c'est l'homme qui fait le chemin de la femme.

Un jour, peut-être, je continuerai encore cette étude des passions parisiennes, sans m'inquiéter de quelques esprits timides qui m'accusent d'offenser la morale, sans doute parce que je la défends.

II

Frédérick Lemaître répétait avec Mme Dorval le *Joueur*, à la Porte-Saint-Martin. Comme elle était distraite, quand il jouait sa grande scène, il lui cria : Je vais te jeter dans le troisième dessous. » Mme Dorval eut soudainement une expression de profonde tristesse : « Le troisième dessous, j'y suis depuis longtemps! » Elle pensait à toutes les misères des passions de la vie de bohème, qui est aujourd'hui la vie du demi-monde.

Combien de fois l'artiste avait préservé la femme en Mme Dorval! mais combien de fois aussi, la femme avait entraîné l'artiste dans ce troisième abîme des amours désordonnées qui s'échappent des régions bleuâtres du paradis pour s'enrouler dans les vertigineuses spirales de l'enfer. Le Dante, qui croyait au paradis et à l'enfer, n'a-t-il pas symbolisé, par Francesca di Rimini, les chutes de la passion?

Ce « troisième dessous » je le connais bien. Je l'ai étudié partout, depuis le Théâtre-Français jusqu'au théâtre du monde. Un jour que j'avais plus ou moins, comme disait Scribe, tout ce qu'il faut pour écrire, j'ai conté dans le style du roman les histoires que j'avais vues ou vécues.

Le premier volume de cette comédie parisienne qui a commencé vers 1860, et qui se continue aujourd'hui, après avoir franchi d'un pied léger

l'abîme profond de la guerre et de la Commune,
avait pour titre : *Luciana Mariani,* une fille perdue par sa mère. Le second volume, c'était *Mademoiselle Cléopâtre,* une femme à double visage,
qui a été bien connue à Rome, à Paris et à Saint-
Pétersbourg. Le troisième volume, c'est le *Roman
de la Duchesse,* qui est le duel de la femme légitime et de la maîtresse. Les *Grandes dames* sont
venues ensuite. Certes, je sais qu'il y a beaucoup
de petites dames dans ces grandes dames; mais
combien de nobles figures qui les dominent, et
qui toutes finissent par le sacrifice et le martyre
de la passion.

Les *Parisiennes* continuaient ce jeu des femmes affolées d'amour et de curiosité, pécheresses
délicieuses, monstres charmants qui ont à peine
le temps de faire le bien, tant elles sont occupées,
les belles inconscientes, à faire le mal sans le savoir. Dans les *Courtisanes du monde,* j'ai représenté une variété toute nouvelle dans l'histoire
naturelle des femmes : c'est la femme titrée plus
ou moins, la mondaine orgueilleuse, affamée de
coquetterie, qui tombe dans le demi-monde parce
qu'elle se vend dans le monde pour payer ses
robes.

J'ai tenté, dans *les Mains pleines de roses, pleines d'or et pleines de sang*, le portrait fidèle de la jeune fille du monde trop fière pour s'humilier dans la vie bourgeoise et qui n'entre, avec un vieux mari, dans la prison du mariage d'argent que pour rompre sa chaîne et courir à ses passions.

Dans *les Mille et une Nuits parisiennes*, dans *l'Histoire d'une fille du monde*, et dans *Alice*, j'ai voulu peindre beaucoup de figures et de caractères de ce monde tapageur composé de Parisiennes des pays étrangers, bien plutôt que de Parisiennes d'origine, mais qui, par la vertu de leur fortune, ont pris le pas dans la capitale des capitales. Il est impossible, en effet, aujourd'hui, de ne pas reconnaître que dans tous les salons où l'on s'amuse, je ne parle pas des salons où l'on s'ennuie, les belles étrangères n'aient pris droit d'asile, non-seulement parce qu'elles ont de l'argent, mais parce qu'elles sont belles.

Enfin, dans *les Trois Duchesses*, j'ai plaidé la cause des enfants abandonnés. Quand le duc de Marigny s'écrie, tout en s'accusant lui-même : « Ah ! ce qui a manqué à ces enfants-là — à ces enfants de l'amour — c'est la mère, » le duc de Marigny a souligné l'idée des *Trois Duchesses*.

Je vais encore parler en vers ; rien qu'un son-
net :

Quand Dieu créa la femme, il lui mit dans le cœur
La soif du bien, la soif du mal. Notre mère Ève
S'éveilla dans la vie, ivre d'air et de sève,
Et marcha sur la terre avec un air vainqueur.

Sous ses yeux, les oiseaux chantaient l'amour en chœur,
Le démon la surprit dans le charme du rêve,
Il l'attaqua de front, sans un instant de trêve,
La dominant déjà d'un sourire moqueur.

Elle écoutait parler Satan, la curieuse,
Et tour à tour surprise, inquiète et rieuse
Elle regardait l'arbre et le fruit défendu.

Elle mordit bientôt à cette pomme amère,
Le paradis devint le paradis perdu...
Mais n'accusez pas Ève : où donc était sa mère.

III

Mathide et Léonie, filles abandonnées, ont fatalement porté la peine de leur mère. Le baptême
n'a pu les préserver, parce que c'était l'eau de la
Seine et non l'eau du Jourdain. Elles sont mortes
du péché et dans le péché. Madeleine ne s'est
sauvée qu'à force de vertu. La vertu! cette âme
de Dieu, quand c'est la vertu souriante.

IV

Le moraliste qui cherche la passion pour le caractère de la passion doit la poursuivre partout. Ç'a toujours été une joie pour moi d'avoir à représenter la vertu dans la passion. N'est-ce pas avec un véritable amour que j'ai peint *Jeanne de Riancourt, Geneviève de la Châtaigneraie, Mme de Montmartel, Violette de Parisis, Jeanne d'Armaillac, Alice,* qui n'ont eu qu'un quart d'heure d'égarement dans une vie toute d'amour et de repentir? Combien d'autres qui sont venues témoigner des révoltes de l'âme à travers toutes ces voluptés corporelles!

Devant le portrait de Madeleine, c'était mieux encore, je n'avais qu'à saluer la vertu qui ne se défend que par elle-même; la vertu dans toute sa blancheur auréolée; la vertu du cœur : la bonté; la vertu de l'âme : le sacrifice.

V

Je suis forcé de dire ici ce que j'ai déjà dit à propos des *Grandes Dames*.

Si je me suis obstiné si longtemps à cette peinture des passions du Paris *supernaturel*, comme disait Montaigne, du Paris qui ne vit que de luxe, de haute coquetterie, de tapage, de courses de chevaux, de mascarades et de temps perdu, c'est que je voulais achever le tableau commencé. Je ne dirai pas que c'est là un tableau achevé; car si quelques figures y sont venues à point, combien dans les demi-teintes qui ne sont qu'ébauchées ou même indiquées!

Mais les initiés les ont reconnues ou les reconnaîtront.

J'ai dit les initiés : en effet, il faut avoir, pour ainsi dire, mis le pied dans ce monde nouveau pour lire mes romans. Voilà pourquoi tant d'esprits étrangers m'ont accusé de représenter des mœurs qui n'existaient pas. C'est à peu près comme si on accusait un romancier chinois de ne pas peindre les mœurs de Brives-la-Gaillarde. Le cœur humain est un — et encore! — *le cœur humain de qui? — le cœur humain de quoi?* s'écriait Alfred de Musset.

Je ne sais pas de pire métier que celui de jongler avec des mots et des phrases pour amuser les ennuyés. Le romancier qui ne s'amuse qu'au jeu de son imagination, mérite d'être cloîtré sous le péristyle des maisons de fous; il ne lui faut pardonner ses pages volantes que s'il est bien résolu à peindre les mœurs de son temps, parce qu'alors il fait œuvre d'historien; il donne pour les siècles futurs une des expressions de la nature et de l'humanité; il dit aux philosophes à venir : voilà comment, à l'heure où j'écris, bat le cœur de l'homme; voilà comment s'agitent ses passions; voilà le décor et la mise en scène de ses folies. Combien d'historiens du xviiie siècle ont disparu, tandis que l'abbé Prévost, tenant en main son immortel roman, est encore tout rayonnant de vérité! Quand on écrit un pareil roman, on est un historien. Pareillement Lesage et La Clos.

VI

La plupart des femmes ne voudraient aller au paradis que pour descendre au paradis perdu. Ce sont surtout ces femmes-là que j'ai peintes. Supposez un instant que je sois pour mes péchés, non pas à la porte du paradis qui s'ouvre, mais à la porte du paradis qui se ferme : c'est là que j'étudie les pécheresses et les impénitentes, celles qui ont semé la passion et qui n'ont recueilli que la tempête. Je dis la vérité, mais je ne la prêche pas. N'est ce pas encore être un moraliste que de montrer le mal avec le sentiment du bien ? Jésus, qui est le maître de tous les esprits soumis à Dieu, ne s'est jamais indigné ; il a caché sa force sous sa douceur et il a gagné le monde à Dieu par des miracles de bonté. Ce n'est pas en lançant l'anathème qu'on sauve les âmes.

Les hommes n'aiment des mœurs que leurs mœurs ; ils ne sont jamais contents des mœurs des autres ; quoi qu'ils fassent eux-mêmes, c'est bien, mais ils siffleraient volontiers jusqu'aux vertus qu'ils n'ont pas.

IV.   17

La famille est l'arche du salut. Mais on vit au jour le jour, un pied dans la maison — ou sur le seuil — et un pied dans la politique, cette chercheuse d'impossible. La politique jette dans la vie en rose tous ceux qui fuient les éloquences stériles de la tribune ou du balcon. On s'est vu cueillant l'heure pour ne pas voir le lendemain — et on fait des romans en action.

Sont-ce les romans qui font les mœurs, ou les mœurs qui font les romans? Éternelle question qu'il faut résoudre en disant oui deux fois.

Aucune idée n'est entrée dans l'âme humaine si elle n'est venue de la nature. La vérité se révèle avant d'apparaître, on la sent avant de la voir. Si nous avons l'idée de Dieu, c'est que Dieu est. Si nous inventons un roman, c'est que la vérité nous la dicte. Quel est le romancier qui a jamais imaginé des pages aussi romanesques que celles de *la Gazette des Tribunaux*, école de réalisme s'il en fût? Parce que je colore à vif la féerie patricienne des Champs-Élysées, suis-je moins romancier que si j'inventoriais les merveilles de la parfaite mercière qui tient bien ses livres? Tout romancier a sa stalle numérotée au théâtre du monde; ne lui demandez pas de peindre une autre scène que celle qu'il voit.

VII

On m'a reproché d'avoir créé un monde qui
n'existe que dans les Champs-Élysées. Il est évi-
dent que le monde que j'ai peint ne trouverait pas
ses coudées franches au Marais. Chaque romancier étudie un coin du monde, sans pour cela
négliger les grands traits qui peignent l'humanité.
Le cœur humain de l'avenue Friedland est le
cœur humain de la rue Saint-Denis, seulement
c'est une autre langue, c'est un autre habit, c'est
un autre idéal. Il y a des deux côtés des mères de
famille, des jeunes filles pieuses et pudiques, des
femmes adultères et des courtisanes. Des deux
côtés, c'est la lutte du bien et du mal. Il ne faut
pourtant pas me faire un crime d'avoir étudié le
monde au huitième arrondissement, puisque c'est
ma paroisse !

Il est hors de doute que pour les habitants de
la rue Saint-Denis, le Paris des Champs-Élysées
n'existe pas. Si le dimanche ils viennent çà et là
à ce spectacle, étrange entre les plus étranges, ils
ne comprennent rien à la haute comédie du luxe

et de l'imprévu qui rayonne depuis la Madeleine jusqu'au lac. Et que disent-ils dans la semaine? Que c'est une féerie impossible comme au Châtelet. Il y a aussi loin du pays latin au faubourg Saint-Honoré, que de Rome à Paris. Mais est-ce une raison, parce qu'on mène d'un côté une vie d'enfant prodigue à raison de 5oo francs par mois, pour nier qu'il y ait des millions en jeu dans toutes ces carrossées qui emportent les passions violentes et fantasques? Jamais l'or du Nouveau-Monde n'a été répandu avec plus d'abondance sur le sable de l'ancien. J'ai connu, dans ce Nouveau-Monde de Paris, un Américain — et une Américaine — qui n'avaient qu'un hiver à passer à Paris, dans les délices de deux cent mille dollars ; je ne leur voyais qu'une inquiétude, c'était de perdre une heure : le temps c'est l'argent, l'argent c'est le plaisir.

Je sais bien que pour être petit cousin de Balzac il faut s'obstiner à peindre les bourgeois anémiques, à étudier avec la myopie les infiniment petits de la vulgarité. Et alors les docteurs ès romans s'écrient avec l'accent de M. Prudhomme : « Comme c'est ça ! » Mais qu'est-ce que ça ! La photographie d'une niaiserie.

Le Huron de la rue aux Ours ou le romancier

qui vit comme un ours, s'il eût monté l'escalier
d'onyx célèbre aux Champs-Élysées, se croiraient
plus loin de Paris que s'ils descendaient l'escalier
de porcelaine d'une tour japonaise au Japon
même. Et pourtant ils eussent rencontré là des
vivants s'il en est, des Parisiens par excellence,
qui bâtissent à table le Paris encore inconnu.
Mais le romancier en chambre dit que ce qu'il n'a
pas vu par sa fenêtre n'a jamais existé.

On m'a dit que je ne peignais qu'un coin de
Paris. Celui qui, à cette heure, aurait la prétention de représenter tout Paris dans le même tableau, serait aussi habile que cet artiste ancien
qui gravait tout le texte de l'Iliade sur un bou-
clier. Paris renferme cent mondes : j'ai choisi le
plus romanesque, le plus passionné, le plus
étrange, sachant bien que la vérité ne perd jamais
ses droits.

Mais à ces reproches de peindre un monde inconnu, je répondrai par la voix d'or de Paul de
Saint-Victor, de Barbey d'Aurevilly, de Banville :
« Il y a eu depuis la mort du grand Balzac un
monde nouveau que nous avons vu surgir, s'é-
crouler et reparaître. Ce monde-là n'aurait pas
d'historien, si M. Arsène Houssaye, spectateur
bien placé pour observer les mœurs qu'il voulait

17.

peindre, n'avait pas écrit cette comédie parisienne. »

Quand le père Félix montait en chaire, il ne
craignait pas les hardiesses de la parole. Il montrait l'adultère marchant le front haut dans le
cortége des gaietés trompeuses. Comme son divin
maître Jésus-Christ, il ne jetait pourtant pas la
première pierre, parce qu'il lui aurait fallu jeter
trop de pierres.

VIII

On a paru ne pas toujours comprendre que
chacun de mes livres portait sa moralité, quoique
chacune des héroïnes fût mortellement frappée
dans sa passion, quoique ce ne fût pas le cortége
des joies qui la suivait, mais le cortége des peines.
Qu'est-ce autre chose que leur amour, sinon le
martyre? Et quelle femme, en lisant cette épopée
des pécheresses et des repenties du monde parisien, où l'éclat de rire est noyé de tant de larmes,
ne se rejettera toute pâle de frayeur dans les joies
bénies de la famille et du mariage? Quelle est
celle qui, pour une heure d'ivresse troublée, sa-

crifierait le berceau des enfants, cette arche sainte de toutes les vertus du foyer et de toutes les vertus sociales?

Je l'ai dit déjà : je ne suis pas de ceux qui s'inquiètent des malices cousues de fil noir — et très-noir — de l'opinion littéraire, parce que je me suis toujours réfugié dans l'opinion publique. Quand j'aurai fini mes livres, y compris le livre de ma vie, on me jugera.

IX

Je reviens aux enfants abandonnés :

Je sais bien que les enfants abandonnés par leur mère ne sont pas les seuls orphelins. Combien de fois la mort ne prend-elle pas la mère au berceau du nouveau-né? Mais cet orphelin-là n'est pas si abandonné que l'autre, l'âme de la mère plane sur la maison, elle protége son enfant auprès de Dieu, elle le protége encore par le souvenir toujours vivant de ses vertus domestiques.

Ne reste-t-il pas d'elle un portrait qui sourit? Ne rappelle-t-on pas chaque jour quelques marques de son cœur et de son esprit? L'enfant sait qu'il reverra sa mère, c'est une autre conscience qui lui parle en toutes ses actions. Ne voit-on pas souvent l'enfant, devenu homme, aller s'agenouiller au cher tombeau, à chaque grande page de sa vie? Cette mère-là n'est pas morte, elle est absente.

Tandis que l'autre est deux fois morte : elle n'a ni cœur ni âme pour son enfant. N'est-ce pas un peu la faute du père ?

Mais la recherche de la paternité est interdite !

ARSÈNE HOUSSAYE.

TABLE

LIVRE I

LES FATALITÉS.

LIVRE II

LES VENGEANCES DIVINES.

LIVRE III

LES PEINES DE CŒUR D'UNE FEMME SANS CŒUR.

LIVRE IV

LES TOMBEAUX.

LIVRE V

LES LARMES DE SANG.

LIVRE VI

LES MIRACLES DE MADELEINE.

FIN DE LA TABLE DU DERNIER VOLUME.

IMPRIMERIE ELZÉVIRIENNE D. BARDIN, A SAINT-GERMAIN.

LES

CAUSERIES

DU DIMANCHE

PAR LA COMTESSE D'ORR

La Comtesse d'ORR va publier un joli volume format diamant, sur les curiosités mondaines de Paris, sur tout ce qui fait le charme des yeux, sur les merveilles du stig-lif, sur les tentations de la haute vie.

Voici quelques fragments détachés de ces causeries.

L'art d'être belle est plus répandu que jamais. Celles que Dieu a un peu négligées se rattrapent aux féeries des chimistes modernes. Il n'y a pas de femme qui ne devienne belle en sortant du laboratoire de Legrand, le créateur de la parfumerie Oriza, qui rectifie les torts de la nature et redonne comme par magie les couleurs les plus fraîches et les plus charmeuses. Aussi toutes nos duchesses ont-elles dans leur cabinet de toilette, comme l'expression du luxe parisien, les boîtes et les flacons de Legrand. Il n'y a que l'eau de Lubin qui puisse rivaliser aujourd'hui, et encore l'eau Oriza vaut-elle bien mieux; elle n'a qu'un tort, c'est d'être meilleur marché.

Quand on parle de grâce, on vient naturellement à Mᵐᵉ de Vertus, rue Auber, 12. Un beau diamant mal monté perd sa valeur. Une jolie femme est un joyau que Mᵐᵉ de Vertus se charge de monter, elle lui donne la grâce avec sa ceinture régente, et avec son jupon-tournure à doubles volants, l'art d'étaler sa tunique en plis harmonieux. Le jupon-tournure réalise le triple problème de l'élégance, de la solidité, de l'économie; toute femme qui sait s'habiller ira rue Auber, 12, dans les nouveaux salons de Mᵐᵉ de Vertus, se munir de ce précieux jupon qui ne laisse rien à désirer.

Il y a des artistes partout. Un tailleur célèbre a inventé l'art de vous mouler sur nature, c'est un caoutchouc qui vous dessine rigoureusement, aussi nous donnerons le nom d'artiste à M. Savigny, bien connu d'ailleurs par la coupe élégante de ses habits de bal comme par le style de ses habits de ville. M. Savigny a un autre art sous la main, de ne pas faire crédit, c'est-à-dire l'art de ne tromper personne. Aussi est-ce aujourd'hui une des trois ou quatre maisons de Paris. C'est même la meilleure, puisque c'est la moins chère, quoiqu'on y soit mieux habillé qu'ailleurs.

Le *Grand-Hôtel* est plus qu'un hôtel, c'est un club, c'est un panorama universel de l'univers. Aussi, pour diriger ce théâtre du monde au gré de tout le monde, a-t-il fallu un homme aussi distingué, aussi charmant que M. Vanhymbeeck, qui a une connaissance approfondie des hommes et des choses.

Il n'y a pas seulement que les habitants plus ou moins passagers du *Grand-Hôtel* qui dînent au *Grand-Hôtel*, des Parisiens qui aiment des voyages autour d'une belle table pompeusement servie, vont souvent se distraire et étudier les mœurs exotiques à la table du *Grand-Hôtel*, qui est toujours la table la mieux habitée du monde.

On va inaugurer un joli hôtel aux Champs-Élysées : l'hôtel Henri IV, au coin de la rue Balzac et de la rue Lord-Byron. Toutes les fenêtres ont en spectacle l'avenue des Champs-Elysées.

Cet hôtel a été longtemps habité par le prince de Capoue, qui y a laissé ses tableaux. On y trouve une excellente bibliothèque et les journaux du jour. Ce sera le rendez-vous des étrangers de distinction et même des Parisiens de province qui n'ont pas de pied-à-terre à Paris. Le prix de l'appartement et de la table est de 15 francs par jour. — Et on dînera au vin de Champagne !

Toute l'année les filles d'Ève vont au paradis des bonbons, c'est-à-dire chez Reinhard, souvenir de Siraudin. C'est que les bonbons sont là, mais plus spirituels qu'ailleurs, sans compter qu'ils sont bons bonbons jusqu'à l'exquisité. Le premier art en ce monde est de bien faire ce qu'on fait, voilà pourquoi Reinhard laisse bien loin derrière lui tous les bonbonniers, même les plus connus. Ce ne sont plus que des fidèles bergers.

Au prochain jour de l'an, des merveilles s'annoncent chez Reinhard, aussi s'inscrit-on déjà pour avoir sa part de tous les monuments éphémères qui charmeront l'œil à ses vitrines. Combien de choses inédites ! combien de boîtes à surprises ! combien de figurines adorables ! Voilà les vraies poupées ; non-seulement il y en a pour les yeux, mais il y en a pour les lèvres.

Le mot éphémère est venu sous ma plume, mais qui est-ce qui dure aujourd'hui ? Il faut vivre au jour le jour, *carpé diem,* il faut cueillir l'heure sans souci des événements.

La meilleure politique au jour de l'an, c'est d'aller chez Reinhard, aussi tous les partis s'y rencontrent-ils, parce qu'il n'y a plus là que le grand parti de la France gourmande.

Il y a un chapelier, à Paris, qui a inventé des chapeaux en liége qui ne pèsent pas une once sur la tête, c'est *Léon*, qui est au coin du boulevard et de la rue Neuve-Saint-Augustin. Outre que ses chapeaux ont pour eux d'être plus légers que les autres, ils révèlent la main d'un artiste, tant ils ont la forme élégante ; aussi quand on est coiffé de ce chapeau, on a l'air d'être né coiffé. C'est le miracle du haut goût aérien. Nous recommandons ce chapeau aux hommes de tête.

Voilà le moment revenu des dîners et des soupers. La truffe répand déjà ses parfums exquis, elle nous est réapparue hier dans un *pâté Laforest,* un maître pâté, un pâté roi servi à la table du plus grand des publicistes, un des présidents de la république, si la plume avait droit à la présidence.

L'oisiveté ressemble à la rouille, elle use beaucoup plus que le travail : la clef dont on se sert est toujours claire.

Quand ce n'est pas la clef de la Barbe-Bleue.

On ne dira pas que la rouille use les hachoirs, les chaudrons et les bassines de M. *Laforest :* c'est le plus magnifique travailleur des beaux estomacs. Gargantua voudrait vivre dans sa fameuse usine, Rabelais consacrerait un chapitre à cette maison sans pareille, tant il se pourlécherait les lèvres après avoir goûté à ces pâtés si renommés.

Voltaire a dit quelque part : « Je ne sais lequel a le plus de mérite de celui qui a inventé l'épingle ou de celle qui enseigna l'art de la planter avec grâce. » Nous dirions volontiers : A qui rendrons-nous le plus bel hommage, à celui qui découvrit la première truffe ou à l'artiste qui confectionna le premier pâté truffé ? Le pâté truffé du Périgord est le dieu de l'estomac et *Laforest* est son prophète.

Les frileux oiseaux du beau monde commencent à reprendre leur vol vers Paris, c'est la belle saison de Mme Laferrière et des sœurs Barde, ces doigts de fée qui font des merveilles ; aussi de tous côtés voit-on arriver toutes les femmes à la mode : duchesses, marquises, baronnes, comme celles à qui la beauté donne des titres. Les deux sœurs Barde font des robes en véritables artistes du costume ; quand on est habillé par elles on compte parmi les reines de la mode.

COMTESSE D'ORR.

IMPRIMERIE ELZÉVIRIENNE DE D. BARDIN. A SAINT-GERMAIN.

GAZETTE DU LUXE

LE LUXE DES ARTS.
LE LUXE DES LIVRES.
LE LUXE DE L'AMEUBLEMENT.
LE LUXE DE LA TABLE.
LE LUXE DES CHEVAUX ET DES
VOITURES.
LE LUXE DES HOTELS ET DES CHATEAUX
LE LUXE DE L'HABILLEMENT.
LE LUXE DES PARISIENNES.
LE LUXE DES ÉTRANGÈRES.
LE LUXE DES RICHES
ET LE LUXE DES PAUVRES.

Le premier numéro, qui paraîtra le 25 décembre, renfermera des articles de

MM. Arsène Houssaye, René de la Ferté, Alexandre Dumas, Henry de Montaut, Prince Galitzin, Ch. Monselet, Marc de Montifaud, Jules Sandeau, Paul de Saint-Victor, Madame Jeanne d'Arques, de Sparre, Diane de Foucault.

Le 5 de chaque mois, la *Gazette du Luxe* publie un volume grand in-8° pittoresque, impression elzévirienne, gravures d'eaux-fortes et dessins. Vrai volume de bibliothèque qui renfermera, écrite au jour le jour, toute l'histoire de la vie contemporaine.

Prix de chaque volume, 3 francs ; prix de l'abonnement : 28 francs.

Les souscripteurs recevront en prime : *les Fêtes vénitiennes* de Watteau et *la Cruche cassée* de Greuze, belles épreuves dont le prix est de 40 francs.

Ces douze magnifiques volumes de la *Gazette du Luxe,* qui paraîtra en 1878, ne leur coûteront donc rien.

On s'abonne à la librairie de Dentu, Palais-Royal.

Nous voulons être plus encore de notre temps en répondant aux curiosités les plus légitimes; aujourd'hui, le luxe s'impose dans tous les intérieurs, depuis le tableau de maître jusqu'au moindre petit meuble. Le luxe c'est la mode, mais c'est la mode clairvoyante. Le luxe n'est pas l'éclosion du hasard, c'est la forme exquise ; aussi a-t-il transformé depuis quelques années l'art industriel, qui est aujourd'hui un art véritable.

Eh bien! cet art-là, l'art du grand luxe, nous voulons qu'il soit bien représenté dans la *Gazette du Luxe;* nous continuerons à mettre au premier rang la fresque, le tableau, le pastel, le groupe, la statue, le buste, le vitrail, la gravure, l'eau-forte, toutes les expressions de l'art de peindre, de sculpter et de graver, mais à côté nous donnerons au jour le jour les métamorphoses du luxe, luxe de l'intérieur, luxe de l'extérieur, luxe du palais, de l'hôtel, du moindre coin du feu ; luxe des chevaux, des voitures, des bronzes, des tapis, des meubles, de la vaisselle, de l'argenterie, voire même des robes nouvelles et des révolutions dans les chapeaux. N'oublions pas que Gavarni dessinait autrefois à *L'Artiste* des gravures de modes qui sont restées 'des chefs-d'œuvre. M. Henry de Montaut, qui dessine pour nous, n'est-il pas le Gavarni de toutes les élégances contemporaines?

Les grandes dames qui nous lisent, les moins grandes dames, les simples curieuses trouveront donc dans la *Gazette du Luxe* non pas, Dieu merci, des patrons de mode, mais l'art du beau vivre et du bien vivre, car nous donnerons même des menus de dîner; toute maîtresse de maison qui lira la *Gazette du Luxe* sera une maîtresse de maison accomplie.

Les esprits les plus sérieux ne perdront pas à cet accroissement dans notre rédaction et dans notre gravure. Tout artiste, et tout homme du monde, est obligé de savoir comment va le monde; il n'y a que les paysans du Danube qui refusent de savoir vivre.

La *Gazette du Luxe* sera donc désormais le journal de tous les luxes; nous donnerons un grand nombre de dessins représentant des façades de châteaux, de villas, d'hôtels, des modèles de cheminées, de bibliothèques, d'autographiles, d'armoiries, de costumes, nous soumettant çà et là au despotisme de la mode des voitures, des bijoux, des ameublements, comparant l'antiquité, le moyen âge et la Renaissance à nos jours.

IMPRIMERIE ELZÉVIRIENNE DE D. BARDIN, A SAINT-GERMAIN.

ARSÈNE HOUSSAYE

LES COMÉDIENNES DE MOLIÈRE
1 vol. in-8 elzévirien. — 10 portraits sur acier, 10

HISTOIRE DU DIX-HUITIÈME SIÈCLE
| 1re série : — *La Régence.* | 3e série : — *Louis XV.* |
| 2e série : — *Louis XV.* | 4e série : — *La Révolution.* |

Nouvelle édition en 4 vol. in-18 jésus, à 3 fr. 50

HISTOIRE DE LÉONARD DE VINCI
1 vol. in-8 cavalier. — Portrait.

HISTOIRE DE L'ART FRANÇAIS AU DIX-HUITIÈME SIÈCLE
1 vol. in-8 cavalier.

HISTOIRE DU 41e FAUTEUIL DE L'ACADÉMIE
DEPUIS MOLIÈRE JUSQU'A MICHELET
10e édition.—Portraits.—1 vol. in-8 cavalier.—4e édition format anglais.

LE ROI VOLTAIRE
SA COUR — SES FEMMES — SES MINISTRES — SON PEUPLE
SES CONQUÊTES — SON DIEU — SA DYNASTIE
7e édition. — Gravures. — 1 vol. in-18 à 3 fr. 50.

Mlle DE LAVALLIERE
ÉTUDE HISTORIQUE SUR LA COUR DE LOUIS XIV
1 vol. in-8 cavalier. — 6e édition.

VOYAGE A MA FENÊTRE
8e édition. — 1 vol. in-8 cavalier. — Gravures de Johannot.

LES POÉSIES COMPLÈTES
1 vol. elzévirien in-18. — Eau-forte. — 5 fr.

LES CENT ET UN SONNETS
1 vol. in-4. — Gravures et eaux-fortes. — 20

LES GRANDES DAMES
1 vol. illustré, 15 fr.

IMPRIMERIE ELZÉVIRIENNE DE D. BARDIN, A SAINT-GERMAI

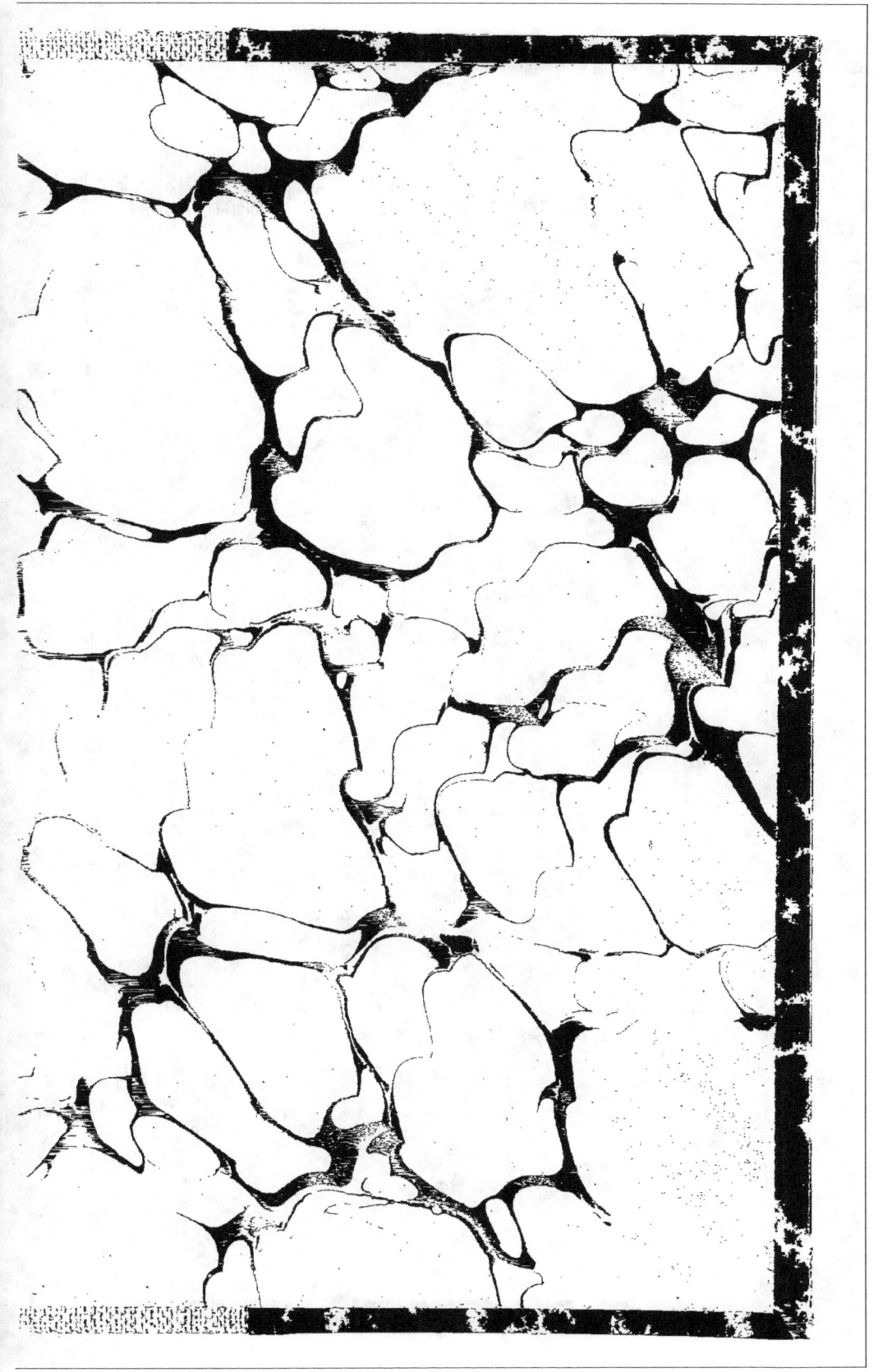

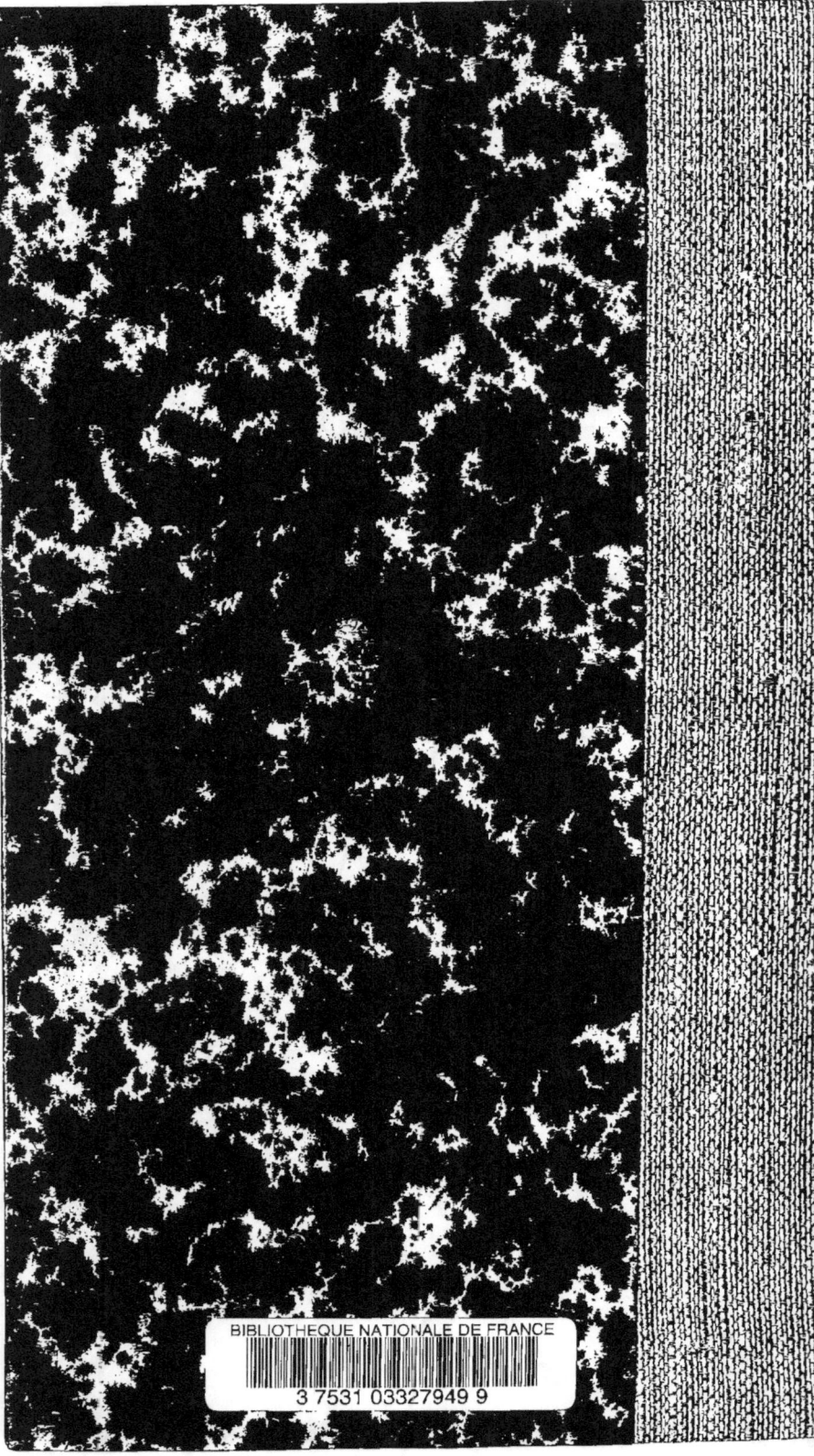